U0137313

孙述宇

　　学者、翻译家、文学评论家。1934 年生于广州，原籍中山，早年就读于清华大学物理系，后毕业于新亚书院外文系，继在美国耶鲁大学获英国文学博士学位。于香港中文大学执教多年，主持创设翻译系，授课跨英文、翻译及中文各系。学术专长为英语文学、英语史，以及中国旧小说，亦从事翻译与文学创作。专著有《古英语》《金瓶梅的艺术》《水浒传的诞生》，译作有康拉德《台风》，创作有小说集《鲑》。

后浪

金瓶梅的艺术

凡夫俗子的宝卷

孙述宇 著

民主与建设出版社

· 北京 ·

图书在版编目（CIP）数据

金瓶梅的艺术 / 孙述宇著. –– 北京：民主与建设
出版社, 2021.8（2024.3重印）
ISBN 978-7-5139-3592-0

Ⅰ.①金… Ⅱ.①孙… Ⅲ.①《金瓶梅》—小说研究
—文集 Ⅳ.①I207.419-53

中国版本图书馆CIP数据核字(2021)第113367号

金瓶梅的艺术
JINPINGMEI DE YISHU

著　　者	孙述宇
责任编辑	王　颂
封面设计	墨白空间 · 王茜
出版发行	民主与建设出版社有限责任公司
电　　话	（010）59417747　59419778
社　　址	北京市海淀区西三环中路 10 号望海楼 E 座 7 层
邮　　编	100142
印　　刷	天津联城印刷有限公司
版　　次	2021 年 8 月第 1 版
印　　次	2024 年 3 月第 3 次印刷
开　　本	889 毫米 ×1194 毫米　1/32
印　　张	6.5
字　　数	106 千字
书　　号	ISBN 978-7-5139-3592-0
定　　价	68.00 元

注：如有印、装质量问题，请与出版社联系。

目　录

自序

这本书的内文，与我八年前在上海古籍出版的《金瓶梅：平凡人的宗教剧》基本相同。我那时写下这样的序言：

《金瓶梅》是以一种讽刺和批评性的体裁入手的，作者不满《水浒传》中武松报兄仇的叙述，他沿袭这个故事，稍做修改，开出新局面。这种笔法在英文有几个名称，常见的是parody。英国小说在18世纪第一回繁花盛放时，"四大家"之一的亨利·菲尔丁（H.Fielding）曾使用这样的笔法来嘲弄另一位大家塞缪尔·理查逊（S.Richardson）。事缘理查逊出版了小说《帕米拉》（Pamela，或译《美德有报》），讲述寒家少女帕米拉（姓Andrews）入城市为佣，男主人慕少艾，屡图染指，帕米拉恪遵父亲诫命，一直守身如玉，终于感动主人迎娶其为妻，让她飞上枝头，入了富室。菲尔丁不喜欢这个"好品行有好报"的故事，他立即另写一本小说，题为《约瑟夫·安德鲁斯》（*Joseph Andrews*），讲述帕米拉的弟弟约瑟夫如何也因贫寒外出为佣，主家恰是姐夫的姐妹，这位富家女子同样见色起意，强他就范。约瑟夫的行动是可预期的，一方面他有"守身如玉"的家训；另一方面，读过《圣经》的人都知道，《旧约》中的约瑟被卖到埃及后，曾为主妇胁迫，但并没有就范。这个约瑟夫也不肯失身，于是女主人恶待他，与数千年前那个埃及女人如出一辙。菲尔丁这样讲故事，不必呼名道姓就批判了理查逊。

　　《金瓶梅》的作者在比菲尔丁早两三百年之时，使用了差不多的笔法。他修改《水浒传》中武松报兄仇的故事，讲述这位都头如何未及下手杀西门庆，已被官府逮捕，流放他乡，于是西门毫发无损，还纳了潘金莲为妾。故事叙述至此已有所批判了，它说出的道理是，像西门这样有财势的恶霸，偷了卖饼贩子的老婆算得什么？得手后平安无事是世情之常，《水浒传》中的报仇故事只是大快人心，其实欠缺真实性。这一点，与菲尔丁批判理查逊差不多。但《金瓶梅》其后的叙述更有深意。武松流放了，西门庆的日子过得更好，愈来愈富贵，妻财子禄都齐全，他纵情声色，无所不为，更在志得意满之时说尽狂妄的话。只是荣华是镜中花，水中月，不多久他就因纵欲身亡，武松刑满返乡待要复仇，只余潘金莲和王婆供他屠戮。作者用这一番修改道出《水浒传》之不足，他认为罪业深重的西门庆，如果写成死在武松刀下，我们只见到报仇凶杀，不见人生的大道理；若要讲出佛家深刻的果报之理，应当叫西门寿尽于自己手中，命丧自己选择和安排的生活里。依着"种瓜得瓜，种豆得豆"的道理，《金瓶梅》中的西门庆胡作非为而自鸣得意之时，步步种植恶果，这些因缘织出一大张疏而不漏的恢恢天网，最后把他收了。

我们这位不知名的作者下笔写这小说，就给佛教文学开了生面。佛教原是个最具合理性的宗教，释迦牟尼汲取"六师外道"诸家思想精华，以所谓"四圣谛"和"因缘"这些平实的道理取代了神话迷信，教导大家洁净心灵，让自身脱离苦海，更使人间变成净土。我们读《金瓶梅》，知道作者相信这种"原始佛教"的道理。可是佛教用于宣教传道的文艺，从《阿含经》中的本生故事到一代代的变文和宝卷，多有夸张荒诞而且十分滑稽的话。比如我国道家的宗师叫作老子，儒家宗师叫孔子，弟子对他们的尊称只是"夫子"而已；但佛家叫宗师释迦牟尼作"大雄""能仁""世尊"。《阿含经》

说释迦具有"卅二大人相"，那是三十二种尊贵特征，其中有些像只鹅（因此佛祖也叫"鹅皇"），又有些不方便在大庭广众中讲出来；释迦小皇子才从母亲胁下生出，就会说"天下四方，唯我独尊"（气得有一位禅宗祖师要将他一棒打死喂狗吃）。这些话语与释迦创教的精神并不融洽，是否可笑或可恼，犹其余事。怎么会这样的呢？原因是信仰已经变了，释迦所不取的神话迷信在他圆寂后陆续从别的信仰中传入佛教里。变迁是宗教的平常事，耶稣教同样变得面目全非。（陀思妥耶夫斯基有个小故事，讲耶稣重生世上，教廷所设宗教裁判所的裁判长将他处死，因为他不合时宜了。）来到中土的佛教以密教和显教的大乘为重，密教固然专事法术，大乘也宣称能够为善男信女护持，帮助避祸求福。至此，信仰堕落，僧伽亦不免腐败。《金瓶梅》没有隐恶扬善，书中讲到有些僧尼为争布施就互相中伤，而西门庆有一回捐了银子给庙宇，吴月娘再有所规劝时，他哈哈大笑说既已捐输，功德已积，再为恶也不愁减损富贵了。这样的宗教信仰还不可怕吗？看来书中胡僧药的情节，表面说西门纵欲亡身，深处还隐藏一点告诫，教世人不要向法力求福，免致断送了慧命。僧伽和信众间若有利益交换，宗教文学会更用力讲神灵的大能，但是这种故事只能够令信众慑服，却与他们的生活失了联系，不能帮助他们警惕和修行。那么，应该怎样宣传佛理呢？《金瓶梅》的答复令人耳目一新。这小说讲的不再是佛陀菩萨于百年前的神异，而是凡夫俗子今生今世的罪孽，作者要用这方法把信众带回到原始佛教去。小说的主体既是西门和妻妾等庸夫愚妇的生活，内容当然就是一道"贪嗔痴"的毒流，漂浮着琐碎的吃喝玩乐，夹杂着妒忌、怨怼、争吵、陷害。要绘出这种人生的整体，床笫之事怎能避过？《金瓶梅》于是走进了明中叶后文学艺术的一种潮流里。但作者同时用了更是多得多的笔墨在一件其他作者所不愿多语的事上，那就是死亡——佛家称之为"无常"的人生重要课题。

这册小评论以《金瓶梅的艺术》为题卅年前初版于中国台湾（按：指1978年2月台湾台北时报文化出版公司出版的《金瓶梅的艺术》），现在再在大陆面世，内容没有更动。论述的字里行间可以见到我下笔时的兴奋，那时人还年轻，受过长久西洋文学的教育，乍睹这本小说，惊和喜都掩不住。管见中可以修改和补充的地方必定很多，诸如作者擅观事情不同的面相和相歧的意义，这种目力或者是他参透佛家二谛之说得来，我在小书里尝试讨论，但讲得并不好。我的过失与不足，若能起一些刺激作用，或者成为反面教材也好，让《金瓶梅》这本旷世巨著更为国人赏识，欣幸何似！

上面的序言接着就向上海古籍的编辑方晓燕小姐致谢。现在后浪把这书重新出版，我也应当向为此付出了许多时间的林立扬小姐、丛铭小姐和任新亚先生致谢。

本版的书名与上一版稍异，我希望它能把意思说得更清楚。这本小说阐释原始佛教的基本教义，而叙事时经常道出事件表里不一、内外相歧的不同意义，也正是释家"俗谛"和"真谛"的分辨。这些相信都是作者的本意。

孙述宇

美国加州，2019

前言　国人忽略了的小说

《金瓶梅》是一本质和量都惊人的巨构[1]，篇长凡八十万字，对中国小说的影响非常深远，因为后出的两本名著《儒林外史》和《红楼梦》，都学效本书的写法，而这两本名著，后来又各有不少模拟之作。

但这样的一本小说，照理应当有很多人仔细研究过，写下很多文字才是，但事实上却没有。（按：本书初版于1978年，当时学界还甚少关于《金瓶梅》的研究。）这小说的艺术成就，在晚明袁石公写了几句诗话式的评语之后，直到夏志清的《中国古典小说》出版，一直没有详细的讨论。大家讳言"淫书"，是个主要原因。当年胡适研究旧小说，研究到《醒世姻缘》而不及这本。后来发行的旧小说，把《红楼梦》

和《水浒传》都校订了出版,《金瓶梅》的版本问题虽然更需解决,却受不到这种优礼。只有大胆的吴晗,在1933年写下《〈金瓶梅〉的著作时代及其社会背景》一文,对作者问题比较认真地讨论了一下[2]。

《金瓶梅》是很需要好好校订过,也很需要好好地评介一番。尽管小说还很易买到和借到,仔细看的读者今天已是少之又少,一般人都是慕"淫书"之名而来,只翻寻那些讲述房事的章节。我们也不能全怪读者,因为这书是的确很难看的。字数惊人之外,书中生动的对话多是明末山东的方言,今日的读者往往读也读不来,更遑论欣赏那特别的味道。版本又糟,几个版之间大有出入,而每个都有讹漏。小说又有不少当今读者不喜欢的"缺点",使我们从开首就对它生出偏见。而书又写得深沉,比别的中国小说都深沉得多。一般人若是带着看淫书或看消闲书的心情来读,看见只有些家庭琐事,没有《水浒传》中的天上星宿降生来播乱尘世与讨平辽国,没有《红楼梦》中的补天遗石降生为最漂亮高才的多情公子与最漂亮高才的多情小姐恋一场最漂亮的爱,怎么肯看下去?

赏元宵楼上醉花灯（第十二回）
一般人若是带着看淫书或看消闲书的心情来读，看见只有些家庭琐事。

注释

　　[1]　本文根据的版本是《金瓶梅词话》（日本：大安株式会社1963，依照日光山轮王寺慈眼堂藏本）。引文时，偶用康熙乙亥皋鹤堂张竹坡评点"天下第一奇书"《金瓶梅》校正，并改用几个当今通用的新字——"每"改为"们"，"他"改为"她"，"的"改为"得"等——以利读者。（按：本书的插图为编辑过程中增加，部分来自《金瓶梅》绣像本，部分为张光宇所绘，二者画风迥异，故不一一标注。）

　　[2]　这篇文章发表在《文学季刊》创刊号，后来收在《读史札记》（三联书店，1961）。姚灵犀的《瓶外卮言》（天津书局，1940）也收了此文。

各种真假缺点

我们且先把《金瓶梅》的缺点提出来，说清楚了，做一些心理上的准备。

书的文字不很匀一，并不是每章都好。开头和结尾比中间差得多。小说是从《水浒传》中潘金莲和西门庆私通的故事衍生出来的，开始时整段整段地袭用《水浒传》，写起来并不比《水浒传》高明。（当然，我们也得承认，潘金莲的故事是《水浒传》中了不起的艺术成就。）西门庆娶孟玉楼比较有趣，领一群帮闲嫖客上李桂姐的院子也有趣，但是潘金莲私通仆僮，以及西门庆勾上李瓶儿，都缺乏写实的力量。小说要到第二十回前后才好起来，从这里直到八十回前后，是小说的精华所在[1]。但是到西门庆死了，作者便好像泄了气，到潘金莲再死了，下面虽还有许多字数，但更没有劲了。以后的章回，由一些"新桥市韩五卖春情"之类的故事改写成，究竟是作者胡乱凑成一百回，还是他人续貂，我们都无法知道。无论如何，要评《金瓶梅》的艺术，最好还是以中间那六十多回为主要根据。

小说另一个缺点，来自作者劝善的作风。作者讲故事中间，常要对"看官"讲些道理，进些忠言。当今的读者会不高兴作者这样闯进故事里来，又会疑心这些忠言是作者写淫书时的伪善姿态。其实"作者闯进故事中"是旧日文学的惯事，中外皆然，我们也不必太生气；淫书作者虚伪地劝善惩淫固然是常见，但我们细读完《金瓶梅》，都会相信这作者倒是一点儿也不虚伪，他若不诚恳，是写不出这样的书来的。《金瓶梅》中劝善说理之为缺点，只是由于这使作者心中存了先入的成见，因而窒碍了他的艺术。作者的观察和感受的能力是一流的，有时我们发觉他的才能没有充分发挥，十九都是由于他要劝善，要说理，据着抽象的概念来创作，犯了作家的大忌。潘金莲可能是个好例子：这个女人占了书中很多篇幅，也着实花了作者不少精神，然而她的真实感来得很晚，读者看了半本书，仍然感觉好像只是听见人家说这女人怎样怎样，不像看见她的真身，原因也许就是作者心中早存成见，要写一个害人的淫妇。

《金瓶梅》在文字与情节上错误多得不得了，在未有完善的校本之前，读者要是不肯海量包涵，这小说就无法欣赏。但读者应该包涵，因为错误尽管多，作者的责任却未必很多。拿文字上的错误来说，那些在历次传抄、合法与不合法刻板翻印中各种"手民之误"，实不应算到作者账上。当今出版机构有完善的编校制度，即使作者写错了字也能校正，"手民之误"当然是少之又少，古人没有这种福气，从前的文学作品常常都是疮痍满目的。

至于情节上的错误，又要分开故事各部不相符与故事和历史不相符两类来说。不符史实的情形，不外是拿了作者当代明朝的事实来叙述书中宋朝的故事。清人常常据此来嘲笑作者浅陋，又因而断定此书不会是博雅的王世贞的手笔。其实，与史实不符的文字，出于史家便是错误，出于文学家却未必是错误。莎士比亚剧中这种例子可说是车载斗量，而现代学者编注这些剧本之时，只把事实注出来就算了，并不觉得需要嘲笑莎翁一番。像莎氏乐府与《金瓶梅》这样以今日的事情来讲先朝故事，其实有一种特别的艺术作用，就是令当时的读者观众倍觉亲切与刺激。《金瓶梅》里面的太监和理刑官，当然是明代而不是宋代的作风，但是这有什么要紧呢？《金瓶梅》又不是史书，甚而不是严格的历史小说，而只是沿用《水浒传》的时代来说人生，这样，说到官场，扛出当代的理刑和太监，内容更丰富了，艺术上的真实又不损，为什么不可以？作者肯定是思索过这些道理的，浅陋的是那些嘲笑他浅陋的人。

故事本身的谬误就不免影响我们阅读的乐趣了。谬误的主要来源，是故事中大量夹进的曲子与其他描述性的韵文[2]。拿万历年间的"词话本"来说，曲子与韵文之中，许多都是可以删除而于故事无妨的（事实上崇祯年间的《金瓶梅》已经删除了很多），更有不少是由于具有谐谑嘲讥的本质而会破坏故事的写实风格的，比如裁缝、医生、稳婆等人的嘲谑性自述，戏子在官员宴会中大唱嘲骂贪官的戏，西门庆死后妻妾上坟唱的悼念曲子，等等。韩南教授（Patrick Hanan）把这些戏曲的来历找出了不少[3]，但戏曲都是《金瓶梅》的作者抄进书中去的呢，抑或其中有些是书商附加以广招徕的呢，我们不得而知。晚明曲子盛行，书商可能想讨好读者，加以《金瓶梅》又是本受不到保护的书，那些令版本学者皱眉的"闽贾"及别的书商可以为所欲为。所有这些谬误，将来出一本好的校本[4]，便可消除，但在未有这校本之前，读者只好忍耐一点。

但这书的错谬无论怎样多，终是瑕不掩瑜。我们即使拿着最差的版本，只要不存成见，有耐心地看下去，必定会看出这是天才之作。这书和莎士比亚的戏剧相似的地方很不少，我们提到两者都爱以今说古，此外两者都爱说笑话，都不避忌情欲，而致让人诉为淫猥，但最要紧的是，两者都是有很多瑕疵的、不以谨慎见长的天才之作。这样的作品，要吹毛求疵是最容易不过的。但是，为什么不看它们的优点与成就呢？

注释

[1] 夏志清觉得小说的精华部分始于第九章，终于第七十九章（即西门庆的死期）。见所著 The Classic Chinese Novel, "Chin Ping Mei", pp.169-170（此书中译本名《中国古典小说》）。

我的印象是，小说在第七回"薛嫂儿说娶孟玉楼，杨姑娘气骂张四舅"，已与《水浒传》的味道很不同，因为一种很突出的讽刺文体已经出来了。（甚至早在西门庆潘金莲入马通奸时，"竹坡本"的叙述已比《水浒传》进了一步，但"词话本"则依随《水浒传》。）但那种在别的旧小说中罕见的真实生活的感觉，却要到廿回上下才浓郁起来，而第一个深刻的故事是廿二回出场的宋惠莲。

西门庆在七十九回死后，小说就松懈了。但正如徐梦湘（《关于〈金瓶梅〉的作者》，收在人民文学出版社编的《明清小说研究论文集》，1952，183页）指出，作者并不是无意写完陈经济和春梅等故事的。潘金莲的死写得很有力，春梅的"重会月娘""游旧家池馆""淫乱丧生"等也很有意思，大概都是原先构想通的项目，只是动笔写时已没有劲了。陈经济则不知何故，从头到尾都得不到作者同情，所以一直没有一点深度。作者后来为什么没有劲了，我们不得而知，然而不是不能想象。创作的冲动是个神秘难解的问题，作者写完一个角色或一个阶段后疲乏起来，这是很可能的事。

[2] 当然还有别的谬误，如夏志清所指出的孝哥出家的年纪、西门托生的事（还有李瓶儿托生的事），但这些还不算太多。

[3] 见所著 *Sources of the Chin ping mei*, Asia Major N.S.10.I(1963)。

[4]《金瓶梅》的版本问题，可参看孙楷第（《中国通俗小说书目》）、长泽规矩也（《金瓶梅の版本》，附于东京东方书局所出《金瓶梅》日译本内）、韩南（P. Hanan, *Texts of the Chin ping mei*, Asia Major N.S.9.I, 1962）等学者著述。

至于校本，我的管见以为应该以崇祯或康熙本为基础，因为这两个差不多的版本文字比较好。（比方李瓶儿死前，潘道士来作法，万历"词话本"让读者觉得他真有超自然法力，但康熙"竹坡本"的叙述则表示他的法力是真假之间，而只用人的心理便能解释那些现象了。）1932年山西发现万历本时，学者以为这是原刻本或早期刻本，并以为崇祯本源出于此，但后来韩南研究版本与任希之研究句法（James L.Wrenn, *Textual Method in Chinese with Illustrative Examples*,《清华学报》新六卷，1967），都以为万历本和崇祯、康熙本分属两枝，而不是一脉相承的。

写实艺术

《金瓶梅》的成就，是写实艺术的成就。

　　《金瓶梅》起源于《水浒传》，不但承袭了那个潘金莲和西门庆通奸的故事，还承袭了这故事的写实手法。《水浒传》这小说有一部分是英雄故事，另一部分是写实文学。英雄故事的部分，很夸张地讲刀枪和武艺，讲拔树举鼎，讲好汉打倒坏蛋，讲大碗酒大块肉和大把银子，这些都是使人心大快的事，但又是真实日常生活里绝少见得到的，因此这一部分是逃避现实的浪漫艺术。在英雄故事的尽头，《水浒传》就开始写实，写真实生活里经常发生的事。《水浒传》中的英雄事迹多是在户外上演的——在大路上、山冈上、松林内、演武场和法场中，也在城堡、公堂和酒店里，但在家里的场景则多半很真实。比方武大郎的家、阎婆惜的家，或是徐宁的家，其中的陈设与生活习惯，样样都很可信。在这些段落中我们看见一些非英雄的人物，像那个小猴子郓哥，本是跟随着西门庆寻点衣食的，但因言语冲突，吃了王婆的亏，便教武大来捉奸；又如何九叔，一个很懂世情的小吏，他一方面很替西门庆遮掩谋杀武大的事，另一方面也捡起几块骨头来应付武松。这些段落里又有些女人，她们不同于别的小说戏曲里的女性，不像大小乔、孙夫人、莺莺、红拂、宝钗、黛玉乃至同书中的一丈青和琼英那么尊贵脱俗和可羡可佩，她们未必不俏丽，但只能算是庸脂俗粉，出身低贱。潘金莲是个嫁与小贩的婢女，潘巧云是个再醮妇人，阎婆惜是个歌伎，都是在街上就能遇见的角色。她们还认识一些老太婆，很懂人情世故的，舌头很长，没有多少技能和生计，靠说媒扯线来维持。

《金瓶梅》的作者选择西门庆与潘金莲通奸的故事来入手，显然有部分原因是他看到了这种写实文学的价值。他觉得这样的写实艺术，比《水浒传》其余的浪漫英雄故事，更有意思，于是他拿来发扬光大，让这个故事里的角色，和很多别的同样真实的角色，演出一整套真实世界里的戏剧。他把这个故事修改了一下，不让武松一下子便杀了西门庆和潘金莲，而是让武松杀了一个帮助西门庆的小官吏李外传，于是西门庆和潘

武都头误打李皂隶（第九回）
作者把《水浒传》的故事修改一下，不让武松一下子便杀了西门庆和潘金莲，而是让武松杀了一个帮助西门庆的小官吏李外传，于是西门庆和潘金莲逃过了大难。

金莲逃过了大难，武松却流放到别处去了。这样修改后的故事比原来《水浒传》中的要合理得多，因为有财有势勾结官府的坏蛋如西门庆者被人清清脆脆地复仇杀掉的事，是或然率很低很低的意外，不是真实世界中的常规。西门庆是要死的，但他是很自然、很合乎逻辑、蠢蠢地死在自己屋里。潘金莲也要死的，而且作者还依着《水浒传》，让武松来杀她，但她之所以落入武松手里，一方面固然是命运的捉弄，另一方面也是由于她的情欲最后还是胜过了她的机智。这样的结局比原来的深刻得太多了。

武松在《金瓶梅》中杀嫂，只比在《水浒传》中晚了几年，《金瓶梅》的故事就是这几年间在西门庆家中发生的事。这些都不是什么惊天动地的大事。西门庆前后得了几注钱财，开了几家店铺，盖造了新宅；由钱财得官禄，当上了地位有限、然而深受畏惧的理刑官员，又由官场关系再赚了些卖盐之类的钱；娶了几个妾，是些不三不四的妓女、寡妇之类，其中李瓶儿替他生了一个儿子，可是没养大，瓶儿自己也随着死了；在这些事件的前前后后，他由应伯爵、谢希大这批帮闲"弟兄"陪着去嫖妓，由文嫂、冯妈妈这些"马泊六"扯线去偷人，他家里的女人则在节令和各人的生日里饮宴作乐，听妓女、小优和瞎眼的女先生唱曲子，听尼姑讲佛经故事，制衣服，赌叶子，讲笑话，讲闲话，吵架。作者的特殊才能是写家常琐事，通过一般人乃至一般作家都瞧不在眼内的小事，他写下一大段人生，一大段在世界文学中都罕见的人生。他笔下有几十人是细细写出来的，不但各有面目，而且各有生活。后来的《红楼梦》也写出不少各有声音笑貌的人，但没有几个能有个别的生活、追求，与所关切的事。《金瓶梅》画面之广阔，要《战争与和平》与《米德尔马契》(Middlemarch)才比得上的。

日常的小事并不容易写，写了出来也不易讨好，因为人的心理都是只注意非常的大事。《金瓶梅》里充满了琐事，而竟然又能吸引读者，是有原因的。比较浅显的一点，是作者能够看到日常生活里的风趣，而且把这种风趣写出来。小说中笑料很多，又是笑话，又是惹笑的人和事；有些人物和事件，表面上并不滑稽，但仔细看深一些，我们就要微笑起来。作者有很生动的幽默感，而且对于世事的表里不一特别感兴趣，这一点，我们在下面会一再提到。但作者能写家常事的一个更深原因，是他的异常的生命力，这生命力表现为对世界与人生的无限兴趣，使他觉得生活很值得写。

这异常的生命力，是作者的艺术资本。他觉得他周遭的当时当地的世界，五光十色，林林总总，处处都很动人，就已非常可以写，不需要再另外去想象些什么Arcadia、Camelot、荣国府里的大观园，或是梁山泊上的忠义堂了。所以他能够写实，拿着晚明时代山东一个县城里土财主的生活，一口气便结结实实地写了几十万字。他笔下的百十个大小人物，可说是没有一个肤浅单调，没有一个是福斯特（E. M. Forster）称之为"扁形"的概念化人物，原因是他对人性存着一股强烈的好奇，那不是一般世俗浅见满足得了的。他对人的心灵的各种各类反应都极感兴趣，因此书中不但包含了许多医卜星相、三教九流的活动，还抄录了许多词曲、宝卷，乃至书札、公文和邸报。当然，我们不知道这其间有多少是后来书商雇佣的手笔，但是这大量的抄录往往都很有味道，不像是纯粹为了增加字数的填充，读者若读不出味来，在怀疑是否填充字数之时，也不妨怀疑一下是否自己的活力和好奇还不够应付这小说。

本书又常讲饮食男女这两种"人之大欲"。男女之欲的问题复杂，我们暂且不谈；以饮食来说，没有什么小说像这本书讲得这么多。书中的饮食不但次数多，而且写得详细和生动：我们看见西门庆和他身边的人吃的几个菜是些什么、怎样煮的，又有些什么点心、面食、汤和酒；时新的水果来了，帮闲的人抢了吃，还偷回家去；新鲜炖的奶，应伯爵一口气喝了自己的一碗后，把西门庆的也喝了。《水浒传》里的饮食吓唬我们，那些好汉子独个儿报销了几斤牛肉和半桶酒，确是英雄气令見或擲骰或猜枚或看牌。不拘詩詞歌賦頂真續麻急口令。

說不過來吃酒。這個庶幾均勻。彼此不齘。西門慶道姨夫說的

是先斟了一杯。與吳大舅起令。吳大舅擎起骰盆兒來說道。列

位我行一令。說差了罰酒一杯。先用一骰。後用兩骰遇黶飲酒。

一百萬軍中捲白旗　　二天下豪傑少人知

三秦王斬了余元帥　　四罵得將軍無馬騎

五讀得吾今無口應　　六衮衮街頭脫去衣

七皂人頭上無白髮　　八分屍不得帶刀歸

九一九好藥無人點。　十千載終湏一撤雛

吳大舅擲畢。遇有兩點飲過酒。該沈姨夫起令說道。用一骰六

擲遇黶飲酒說道

金瓶梅詞話　第六十回

《金瓶梅》中不但包含了许多医卜星相、三教九流的活动，还抄录了许多词曲、宝卷，乃至书札、公文和邸报。(页17—页20：明万历本《金瓶梅词话》抄录的多处行酒令书影)

伯爵吃過連忙推與謝希大說道罷，我是成不的，成不的，這兩大鍾把我就打發的了。謝希大道，俊化子，你吃不的推干我來。我是你家有甚的蠻子。伯爵道，俊花子，我明日就做了堂上官兒，少不的是你替。西門慶道，你這狗材，到明日只好做個都武。伯爵笑道，俊孩兒，我做了都武，把堂上讓與你就是了。西門慶笑令玳安兒拏礴瓜來。打這賊花子，那謝希大悄悄向他頭上打了一個響瓜兒，說道，你這花子，溫老先生在這里，你口裡只怎胡說。伯爵道，溫老先兒，他斯文人不管這閒事，溫秀才道，二公與我這東君老先生，原來這等厚。酒席中間，誠然不如此也。不樂悅在心。樂王癸散在外，自不覺手之舞之足之蹈之如此。座上沈姨夫向西門慶說，姨夫不是這等，請大舅上席，還行個

绵花义口。那急急脚脚的老小放下那左手提的那黄豆巴

斗走向前去打黄白花狗不知手鬪過那狗狗鬪過那手。

西門慶笑罵道。你這賊，謅斷了腸子的天殺的誰家一個手去

鬪狗來。一口不被那狗咬了伯爵道誰教他不攀個棍兒來我

如今抄化子不見了拐棒兒受狗的氣了謝希大道大官人你

看花子自家倒了柴說他是花子西門慶道該罰他一鍾不成

個令謝子張你行罷謝希大道我這令兒比他更妙說不過來。

罸一鍾。

　墻上一片破瓦墜下一疋騾馬落下破瓦打着騾馬不知是

那破瓦打傷騾馬不知是那騾馬踏碎了破瓦。

伯爵道你笑話我的令不好。你這破瓦倒好你家娘子兒劉大

天象六色地象雙　　人數推來中二紅

三見巫山梅五出　　筭來花有幾人通

當下只遇了個四紅飲過一杯過盆與溫秀才秀才道我學生

奉令了。遇點要一花名。名下接四書一句頂。

一擲一點紅，紅梅花對白梅花。　二擲並頭蓮，蓮游戲彩鴛

三擲三春柳，柳下不不整冠。　　四擲狀元紅，紅紫不以爲藝服

五擲臘梅花花迎劍珮星初落。　　六擲滿天星星辰之遠也。

溫秀才只遇了一鍾酒該應伯爵行令伯爵道我在下一個字

也不識行個急口令兒罷。

一個急急脚脚的老小。左手拏着一個黃豆巴斗。右手拏着

一條綿花义口。望前只瞥跑走撞着一個黃白花狗咬着那

概；红楼的饮食也吓唬我们，曹雪芹通常并不说吃的是什么，但他让我们那么震慑和充满了自卑感，开席之时，我们就剩下刘姥姥那么多的观察力了。（偶然他透露一点点食物的内容："茄鲞"，主要的材料是茄子，可是煮法就惊人了。贾太君吃的"红米粥"，那红米原来是皇帝下令试种不成而后来变成非常稀罕的，要不是赵冈研究出来，我们连赞叹都不会。）《金瓶梅》的饮食就只是享受。本来，口腹之欲有谁没有？满足与不满足的经验有谁没有？可是奇怪得很，在文学上很少反映出来。原因也许是由于这种欲望很急很浅，容易过去，容易遗忘，而且一般人也不觉得值得讲。就是大作家中，能够经常采用饮食作创作资料的，恐怕也只有本书作者和狄更斯等少数几个。饮食本不如男女之事能给人假想的代替性满足，这些作家能写饮食，实在是由于心中对世界人生的兴趣与爱恋所推动。《金瓶梅》的作者觉得这世界是很可恋的。我们在下面会说到，他小说的主题是人生的悲苦；尽管如此，这悲苦人生的背景却是个美好的世界，而这就是这小说的艺术。

妻妾玩赏芙蓉亭（第十回）

就是大作家中，能够经常采用饮食作创作资料的，恐怕也只有本书作者和狄更斯等少数几个。

活力的表现：几个小妓女

小说家之有偏见，恐怕比常人好不到哪里，但《金瓶梅》的作者由于有异常充沛的活力，偏见是少得出奇。

　　这事实，在全本小说各处，尤其是在十几二十回之后，就可以看得很清楚。我们现在拿书中的妓女李桂姐为例说明一下。娼妓的形象在人的心中总要呼唤起这种或那种偏见的——大概是由于卖淫牵涉淫欲与贪欲，两者都是最强烈、最无可奈何的欲望。

　　《金瓶梅》里的妓女有一大群，李桂姐是写得最多的两三个之一。她姑姑是西门庆的妾李娇儿。娇儿嫁前也是勾栏角色，她听见西门庆梳拢她的侄女时，心里很高兴。今日的读者或许要诧异她怎么还会高兴，但原因其实是很明显的，她们是

"乐户"，除了服侍官宦富家就别无生计。娇儿是长一辈的，幼一辈的有桂姐和姐姐桂卿，两姐妹都入了行，就像郑家的爱香爱月、韩家的玉钏金钏等。桂姐的哥哥是李铭，也惯常在西门庆家出入，遇有喜庆饮宴就和同行的吴惠、郑奉、王柱一同侍候弹唱。李桂姐不但长得好，人也很聪明，嘴巴伶俐。那时她姑姑娇儿的丫头夏花儿偷金子被人捉到，要撵出去，娇儿也觉丢脸，却不知怎么好，还是她教训了娇儿一番道理，又到西门庆那里伺机得体地说了情，才把夏花儿留下了。桂姐在西门家出入得多，和那促狭鬼应伯爵正好是一对，两人见面就笑骂斗嘴，一边不停地叫"不要脸小淫妇子"，一边不停地骂"汗邪你花子了"！

李桂姐

我们说过，《金瓶梅》的开头写得不算太好，初时的李桂姐也写得不算好。作者叙述她是个很厉害的娼妓，用美色和声艺把西门庆迷住之后，就挟持他去欺负别人。她和潘金莲争宠斗法，要西门庆强金莲剪下一缕头发交来，然后她把这发缕缝到鞋底下践踏。这样的一个形象，是带着良家百姓看娼家的偏见的，而且作者写得很朦胧与概念化，我们还不觉得是亲眼看见了这个人物。这些章节的趣味是靠那些笑话与帮闲嫖客的丑态来维持的。

到了十多廿回之后，小说写得好起来时，李桂姐也写得更真实起来。她给读者第一个清晰难忘的印象，是在卅二回，回目是"李桂姐拜娘认女"。那时西门庆刚刚加了官，李桂姐和母亲商量之后，就在西门庆请亲友吃酒庆祝的那天，借着来唱曲陪酒之便，拜了西门的大老婆吴月娘做干妈妈。那天她是一清早来到的，后来读者才知道她撇下了同伴吴银儿、郑爱香和韩家的金钏儿、玉钏儿；月娘问她吴银儿来了没有，她撒谎，再后吴银儿埋怨她不依约相候，她又撒谎。当上了月娘的义女之后，自觉身份高了，年轻女孩浅浅的心胸藏不了那么大的得意，忍不住就卖弄起来：

李桂姐拜娘认女

（她）坐在月娘炕上，和玉箫（月娘婢）两个剥果仁儿，装果

李桂姐趋炎认女（第三十二回）
她给读者第一个清晰难忘的印象，是在卅二回。

盒。吴银儿、郑香儿、韩钏儿在下边杌儿上一条边坐的。那桂姐一径抖擞精神，一回叫："玉箫姐，累你，有茶倒一瓯子来我吃。"一回又叫："小玉（另一婢）姐，你有水盛些来我洗这手。"那小玉真个拿锡盆舀了水，与她洗了手。吴银儿众人都看她睁睁的，不敢言语。桂姐又道："银姐，你三个拿乐器来，唱个曲儿与娘听。我先唱过了。"

后来她就坐在吴月娘房门里，不随同众妓出堂上唱曲递酒。由于她做得过了分，吴银儿满肚子不高兴，把她认义女的事向应伯爵说了，应伯爵便硬要西门庆叫她出来递酒，又说出很难入耳的话来（"丽春院粉头，供唱递酒，是她的职分"，"她如今不做娘子了，见大人做了官，情愿认做干女儿了"），弄得她脸红发怒为止。整件事其实都很滑稽：吴月娘也不过二十多，比桂姐大不了几岁，本来没有想过要干女儿的，但桂姐以黄袍加诸她身，她是个温和厚道而缺乏机智的人，觉得盛情难却，手足无措，就承受了。

这一段之所以生动，除了由于笑料风趣，更因为开始接触到妓女生活中的真实。娼妓的世界里有激烈的生存竞争——所以刚才李桂姐一得到了地位和安全就那么高兴，而其他的几个姐妹也那么敏感地觉察出来，吴银儿还妒忌到生恨，再后经过应伯爵指点便还以颜色，拜了得宠而手头宽裕的李瓶儿做干妈。客人是不易侍候的，一方面他们很易变心，会见异思迁而移情别恋；另一方面，他们又要独占妓女的绣房，不让别的客人染指。西门庆就有这种典型心理，他后来虽把心从李桂姐移到郑爱月身上去了，但起初恋桂姐时醋意很重，一次因为她接一个南客而打坏她的房间，另一次则因为她招呼王三官而生气。客人的醋意是娼家的难题，因为她们都想多些收入。她们贪财，而且大抵开支也不少，不是一二十两包月钱满足得了的。西门庆做了官之后，就有权召她们这些"乐户"到府里去侍候陪酒，一去有时是一两天，她们视这些为苦差，但官府的命令又不敢违抗。郑爱月有一回不应召，竟被西门庆捉了来。李桂姐有时会说母亲想念她诸如此类的话，应召之后快快跑回家。有一回提到过两天又有宴会要陪酒的事，她就说不巧那天是母亲生日，这借口大概用过不久，老实的吴月娘就问，怎么你们院子里的生日这么多的？李桂姐让人拆穿了谎话，只好嘻嘻地笑，遇到月娘这样缺乏机变的人，尴尬是免不了。但尴尬也罢了，有时真正的祸事也会临头。那时王三官在桂姐院里嫖宿，他妻子娘家的人干涉起来，运用京城里的影响力要把娼家和带坏王三官的嫖客解进京里去，这一来李桂姐可真吓破了胆，脂粉不施就跑来跪着向月娘和西门庆求救，哭泣不止。

痴子弟争锋毁花院（第二十回）
西门庆就有典型的独占心理，他起初恋桂姐时醋意很重，一次因为她接一
个南客而打坏她的房间。

由于月娘说项，西门庆答应帮她之时，她感激得不得了，赶着那带信上京的仆人叫"叔"，又自动要唱曲子给西门庆他们听。吴月娘奇怪她怎么这么快就能平静下心神唱曲子，富家大宅里的夫人当然不知道娼家经过多少这样的风暴，受过多少训练来。

我们说过，小说初时叙述桂姐拿潘金莲的头发来践踏，多少反映出良家对娼家的一种偏见。这是良家的无名恐惧，觉得娼妓是具有邪恶力量要害人的"粉骷髅"。但这恐惧在书中很快就消散了，书中妓女的面貌很快就清晰起来，她们与普通人没有什么根本的分别。她们甚至不怎么淫邪，书里猥亵的文字牵涉到的十九都是良家妇女。良家对娼家的偏见，除了恐惧，又有一种是妒忌。华北的农民会唱这样的歌来嘲笑妓女："田不耕，地不种，腰间自有米面瓮。"别的人尽管不唱这样坦率的歌儿，但妒忌恐怕总是鄙视与憎恨妓女的主因之一。《金瓶梅》作者完全没有这种妒忌心理。有一回应伯爵酸溜溜地说妓女的生活好，有个妓女就笑着叫他不如也做乐户好了。作者看得很清楚，这些女孩子穿着绸缎，戴着金银，吃到中下等人家吃不到的食物，又不用操劳流汗，日子似乎不错，但她们也得吃很多苦头。很偶然地有个幸运的董薇仙能够跟一位状元从良作妾去了，其他的十多位在小说结束时还是过着迎送生涯，美丽黠慧如桂姐者也不例外。迎送生涯，虽然有酒肉和绫罗珠翠，但地狱就在旁边，一不留神就掉下去——官府拘禁，客人打骂，门前冷落，等等。李桂姐爱赌咒说如果她讲的不是实话就每个毛孔都生个大疔疮，这疮当然是指的杨梅疮，可见她是生活在花柳病与客人官府欺凌两重阴影底下的。16世纪英国戏剧里咒骂人的话有："Brimstone and quicksilver！"（直译为"硫黄与水银！"）硫黄指的是身后地狱里的火，水银指的是生前治花柳病水银疗法的痛苦。李桂姐"花枝招飐绣带飘飘"的舞蹈，其实是在硫黄和水银中间跳的。

还有一种对娼妓的观感，是倒转过来，认为她们只是社会制度或人性中罪恶的牺牲品，她们本身良善，她们的天性之中并没有缺点。这也是偏见，是过多的感情蒙蔽了理智的结果。卖淫与社会制度关系密切，这是不必置疑的，把卖淫的责任都放在妓女头上当然不合理，然而反过来断定妓女完全不必负道德责任，又何尝没有偏袒？这种感情过当的观感并不罕见，除了近年的社会理论，在文学艺术上早有所表现。比方在香港的粤语电影史上，"卖肉养亲"的主题出现之频，也许仅次于"'封建'家庭阻挠自由恋爱"。《金瓶梅》却没有这种偏见。作者带着对人生的无限兴趣，紧紧盯着真实去看，所以笔下妓女的品格并不见得比别的人好，虽然也不比别的人坏。像李桂

姐，不住嘴地说谎骗人，骗了吴月娘和西门庆，又骗吴银儿和
别的姐妹。骗一同受苦的姐妹，这无论合不合社会阶层理论，
但确是人生的真实，是人生真实中很使人难堪的一部分。（纳粹
集中营里的囚犯，不是会为一点点物质好处出卖难友的吗？）
人就是这么下流卑鄙的，因为他软弱，受不了折磨，也受不了
引诱，他到时候很容易找理由解释自己的行动，会说"我不做
别人也会这样做的啦"，或是什么。《金瓶梅》整本书中画的都
是人在引诱与折磨下堕落的图画，李桂姐若果被画成一个"卖
火柴的女孩"模样，便既不一贯，也不诚实了。

至于妓女骗有钱人，有人会觉得很应该，《金瓶梅》的作
者似乎也不尽同意。他写出吴银儿怎样骗李瓶儿：吴银儿起先
由于嫉妒李桂姐使用拜干娘的方法来取得较高的地位，就自动
要拜李瓶儿为母，瓶儿和月娘一样，年纪不比这干女儿大多少，
人又笨，心又软，听了很高兴。那时她受了潘金莲许多气，就
向银儿诉苦，银儿说几句未必很真诚的话安慰她，一边说一边
受瓶儿一样一样的厚馈，自己还开口选瓶儿的衣服来要。瓶儿
卧病垂死之时，银儿也不来陪陪她，瓶儿心肠仁厚，并不见怪，
还留下一份遗物给她做纪念。到瓶儿死了，西门提刑很隆重地
为宠妾出殡，设席大宴吊客，这时银儿就来哭了，她说自己先
前并不知道干娘生病。在典礼和筵席上，她三番几次做出愁戚

李瓶儿解衣银姐（第四十五回）
作者写吴银儿怎样骗李瓶儿：说几句未必很真诚的话安慰她，一边说一边受她一样一样的厚馈，自己还开口选瓶儿的衣服来要。

之容，来感动西门庆。作者也不见得深责银儿，因为这女孩儿只不过出于自利之心，而在瓶儿的苦杯中加了一小勺：她不是出于恶意，不过，她也没有理会瓶儿的苦杯已经有多满了。

《金瓶梅》里的娼妓写得好，常常就是好在没有偏见。西门庆结局时死于纵欲过度，如果要追究责任，主犯应该算是他自己，但是谁协助的呢？最后弄得他流血不止的是潘金莲，他的妻妾又责怪那淫荡的半老徐娘林太太等人，但其实一再挑动他的是妓女郑爱月，因为她把在各大家巨宅侍候时，所见过有姿色的妇女告诉西门庆，教唆他去动心思，弄得他那一段时间欲心大炽，旦旦而伐，终至丧命。郑爱月初时是被西门庆用官府势力难为过的，现在却累死了西门。如果作者对生活的兴趣少一些，偏见多一些，这时郑爱月的行动很可能会写成是有恶意的，发挥了"粉骷髅"的邪恶力量；再不然就是为自己以及自己人报仇雪恨，像伪圣经中的茱迪的故事。这样写不是绝对不可以，不过《金瓶梅》的主要角色都是要死在自己的欲火里的，作者把《水浒传》中的西门庆从武松复仇的拳脚刀子下救出来，如果又让他死在另一个人的恶意里，那就没有什么味道了。现在的书里，爱月儿——就像潘金莲一样——丝毫没有害死西门庆的存心。这个梳拢了不久的小妓女只是想投西门庆所好，而目的不过是笼络他的心久一点，在他身上多挣几两银子罢了。

应伯爵

让我们再分析一个人物来说明作者的活力。我们看看作者是怎样写应伯爵的。

这个人是本书中最有趣的人物，就是在整个中国小说范围里找，恐怕也没有谁比他更有趣。

他是西门庆家经常的食客，有一回他空着肚子来到，西门庆故意问他吃过饭没有。

"哥你猜。"他说。

西门说猜想他已经吃过了。"哥你没猜着。"

西门庆是在恶作剧，要强使他承认跑来揩油吃饭。当然，他帮闲揩油是个事实，大家都心知肚明，他固然不会否认，西门也没有任何不满，但这次西门要来个残虐的笑谑，要让这心

应伯爵

照不宣的事实在大家的意识里现出来，要他难为情一下。他呢，一方面要避过这尴尬，但又不要为面子牺牲了口腹。这两人在短短的对话中，用不相干的言辞互相试探，给我们瞥见几百年后亨利·詹姆斯（Henry James）的笔法。

应伯爵浑闹起来是最凶最剧的。在作者的构想中，他是个非常聪敏的人。我们看见在书里他讲的笑话比谁都多，日后曹雪芹也依这原则，把笑话都放进最机灵的王熙凤的嘴里。应伯爵在西门庆身上得了不少好处，替许多人——李智、黄四、李桂姐家、贾四、韩道国乃至那群捉弄韩道国老婆的恶少——当说客，又骗西门庆的钱财，其所以能如此，是由于他最懂得西

门庆，西门庆没有了他便几乎过不了日子。他会用脑思考，还
会替别人着想，能体恤小优儿，知道他们忌喝残酒。他懂得生
活，晓得怎样把鲥鱼切成几份分别享用，吃到"牙缝里也是香
的"，也晓得赞赏官窑双箍邓浆盆这些精美的工艺品。他从蠢
蠢的西门庆那里骗取一些物质，也未尝不公道。在这里我们没
法把他的故事说完，因为那是个枝叶蔓衍、花果繁茂、少加修
剪的故事。本来，他在小说中是一个辅角，功能只是助成主角
行动与表达主角内心，把他写得那么齐全详细——欲望、爱
恶、动机、反应都写了，究竟好不好，是个问题。刚才提到的
詹姆斯一定会大皱眉头，但菲尔丁或狄更斯却会微笑起来，因
为这如果是毛病，就是他们这些活力多于艺术自制力的作家的
通病。

可是这个应二，如果要拿来归类，应当算是个怎样的人
呢？如果我们要依道德观念来褒贬，这人是个不值一提的角
色。他读书不成，正业不务，品格也说不上。他的生计是"帮
闲"：不是帮助人家做正经事，只是"跟着富家子弟帮嫖贴
食，在院中顽耍"。我们今天会叫他作"寄生虫"；早几十年
人家也许要叫他"冗人"，那也是很合适的称谓。要画他的具
类型性的像，就写写他的奸狡自利的心理，再说说他行动的丑
态，也就差不多了。

在书里，作者也没有为他隐恶。他一入场就陪着西门庆去嫖新入行的小妓女李桂姐。他和"十兄弟"中其他几位嫖客脸皮都厚得有趣。第十二回里，李桂姐讲个笑话嘲骂他们一天到晚只是吃人家的，他们就凑钱来还个东道，这个人出一钱那个人出几分，有些人还用汗巾褂子抵算，及至酒菜上来，他们做主人的却像"遮天蔽日的蝗虫"，一下把盘子碟子扫光，散时还分别偷了娼家不少物件。不久我们又看见他去帮西门庆兄弟娶花子虚兄弟的寡妇。作者常把他和狗的形象联结起来，比如西门庆笑骂他时爱叫他作"狗材"，那些小妓女就会骂他"应花子，你不作声不会把你当哑狗卖"。他在西门家出入惯了，"熟得狗也不咬"；西门庆和女人私通，他也会闯进去说话浑闹一番，羞恶之心丝毫也没有。有时看见西门家有时新果子食物，他就跟谢希大偷一些放在袖子里带回家去。

但作者对他的态度究竟是怎样的呢？尊重不尊重呢？倘使不尊重，这人物怎能这么有趣？我们都知道，一个作者瞧不起的人物总是写不好的——由于蔑视之心把创造的能源关闭了之故吧。宣传文学里的反面人物照例很肤浅，例如《水浒传》里的官吏，可能非常狡诈，但人性的深度总是谈不上的。有成见的作家，一旦把人物归了类，依着政治、宗教或道德成见来褒贬之时，这人物必定变得很简单，他的行动都是预测得来的。

西门庆梳笼李桂姐（第十一回）
在书里，作者也没有为应伯爵隐恶，他一入场就陪着西门庆去嫖新入
行的小妓女李桂姐。

应伯爵却不是这样的人物，他在书中不住有新奇的表现，每趟出场都使我们诧异一下，这明显表示作者不会瞧他不起。然而，作者不是明说他道德败坏的吗？

解答这问题时，我们又要把本书作者和莎士比亚比较一下。我们翻开莎翁的《威尼斯商人》的集注本，见到许多批评家曾聚讼多时，一些人说那个要割下人家一磅鲜肉的犹太人夏洛克是个悲剧角色，他受庸人俗子嘲笑迫害，一如莎翁笔下的罗马大将科利奥兰纳斯（Coriolanus）；另一些人则根据剧中情节，判断他仍是个喜剧丑角。事实大抵是这样的：莎士比亚原拟写一个典型的犹太守财奴，他贪婪、凶狠，同时又愚昧，连独生女儿都厌恶他而跟基督徒跑了。这样的角色应当让观众哄堂大笑，没有人会同情他吃亏和受苦的。可是莎翁不爱把人物简化归类，也不会止步于据着成见来褒贬。一个作家如果活力充沛，对世界与人生有强烈好奇，自自然然会对世人生出各种感情，包括关怀、同情、容忍、尊重，等等。莎翁尽管原拟嘲骂那犹太人一番，但写出来的夏洛克，身上却是带着这些感情的。而这些感情向来都是与悲剧的缘深而与喜剧的缘浅的，于是观众——尤其是读剧本的读者——往往怀疑这老犹太是不是悲剧角色。莎翁的另一个喜剧人物，那胖酒鬼福斯塔夫，情形也很类似。

应伯爵在书中所受到的，大体上就是这种待遇。作者是

应伯爵追欢喜庆（第十六回）
应伯爵在书中不住有新奇的表现，每趟出场都使我们诧异一下。（页45—页48）

应伯爵替花邀酒（第二十一回）

应伯爵劝当铜锣（第四十五回）

金瓶梅的艺术

应伯爵戏衔玉臂（第六十八回）

做了道德评价的，应二是一个不足为训的角色，是个"多余的人"，"蛀虫"，没有骨头的，然而作者对他仍然能够同情与欣赏，所以能把他写得这么新鲜有趣。作者之所以能够穿过成见的桎梏来同情与欣赏，说明了他就像莎士比亚一样，有极其充沛的生命力与好奇心。

作者对应伯爵的同情，除了上面这样反证推论，也可以直接看到。比方我们说过，常人对娼家的反感，主要原因之一是妒忌，其实对帮闲的反感也如此，我们妒忌这些人不用流汗而有生计，进而猜想他们一定得到了许多我们得不到的好处，又免了许多我们身受的痛苦。作者并没有这种妒忌心，他很知道帮闲人路途上的荆棘和陷阱。我们在第三十五回看见白来创（白赉光）嘴里叫着兄弟，跑到西门庆家里，碰一鼻子的灰。往后祝念实和孙天化帮闲帮错了主子，一下子便关进牢房，要解京法办。应伯爵讲祝麻子和孙寡嘴被捕起解的事道：

> ……一条铁索，都解上东京去了，到那里没个清洁来家的。你只说成日图饮酒吃肉，好容易吃的果子儿？似这等苦儿，也是他受。路上这等大热天，着铁索扛着，又没盘缠……

老应是这些人当中最机警的一个，他没有跌进陷阱里，可是帮闲的甘苦他既了解得这样深，怎能安心轻轻松松地过日子？所以，他也就像他的小对头李桂姐，常与恐惧做伴。他本是读书人，家败而沦落至此，但在当年科举制度下，他这样的命运比安忱、宋乔年那些状元进士要普通得多了。

作者的同情都是隐含着的，但当他把人的痛苦艰难写出来时，我们就看得见。比方那奶妈如意儿，在李瓶儿死后与西门庆勾搭通奸，她无论怎样卑下的事都肯做来讨好西门庆，而得了西门欢心就渐渐得意洋洋，颇为自大。后来在第七十二回，她胆敢顶撞潘金莲，于是挨了一身毒打。潘金莲事后把这件事告诉孟玉楼，也说到如意儿的隐私：

> ……那淫妇的汉子说死了，前日汉子抱着孩子，没在门首打探儿？……天不着风儿晴不得，人不着谎儿成不得，她不齐撺瞒着，你家肯要她？想着一来时饿得个脸黄皮儿，寡瘦得乞乞缩缩，那等腔儿……

这一段话让我们对如意儿的淫行有些谅解，知道她是生计困难，想留在西门家，但官哥和瓶儿都死了，她只好用勾引西门庆这办法。作者讲出这可悯的处境，当然是对这淫妇有相当的同情。

讽刺艺术：《儒林外史》的先河

我们现在谈《金瓶梅》的讽刺艺术。

首先，作者怎样把《水浒传》里西门庆和潘金莲通奸的故事修改，已经决定这小说是讽刺文学了。在《水浒传》这本浪漫的侠义小说里，故事是一对奸夫淫妇因私通而杀害本夫，是坏人串谋杀害无辜，后来大英雄武松回家，杀了西门和金莲，是好人报仇。在《金瓶梅》里这故事变成西门和金莲通奸，他们轻易躲过了武松报复的怒火，但躲不过自己放纵的后果，后来西门是烧死在自己的欲焰里，金莲则因欲令智昏，自投到武松的刀子上去。故事说的是两个愚人做蠢事的收场，这样的故事，明白是属于现实讽刺文学的材料。

作者处理这材料时，用的也是很成熟的讽刺笔法。讽刺的艺术在他手里发展到一个有高度技巧与表达力的地步。比方日后《红楼梦》用谐声名字（吴新登谐"无星戥"，封肃谐"风俗"，娇杏谐"侥幸"，甄英莲谐"真应怜"，等等），颇类菲尔丁、谢里丹（Sheridan）等人所用以点出人物特性的"标签名字"（label name），其实这种方法在《金瓶梅》里已经见到了（贾仁清谐"假人情"，游守谐"游手"，郝贤谐"好闲"，吴典恩谐"无点恩"，等等）。近代的批评家轻易便说《儒林外史》是中国讽刺小说的鼻祖，实在很不应该，我们拿《金瓶梅》仔细读一下，很快就可看到，它替《儒林外史》把路早铺得好好的了[1]。

《儒林外史》写世人虚伪，《金瓶梅》也不断写这题材。在小说里，虚伪并不限于一个人或几个人，甚至不限于一个行业、一个阶级或者怎么样界定的一个种类，而是几乎人皆不免。在西门庆家里，每天都有不少人装假说谎，他家里的事情就是结集无数谎言而成的。小说开始不久，还未完全脱离《水浒传》的架子时，西门庆娶孟玉楼那一段（第七回），已是很有趣的例子。那时，媒婆薛嫂用金钱享受为辞说动了西门庆和孟玉楼，又考虑到玉楼前夫的母舅张龙可能为家产利益而阻梗，于是教西门庆去卑辞厚币收买了她前夫的姑姑杨姑娘。张龙果然去劝阻，他装成一副"为你好"的样子，在孟玉楼跟前

第七回 薛媒婆说娶孟三儿　杨姑娘气骂张四舅（页55—页56）

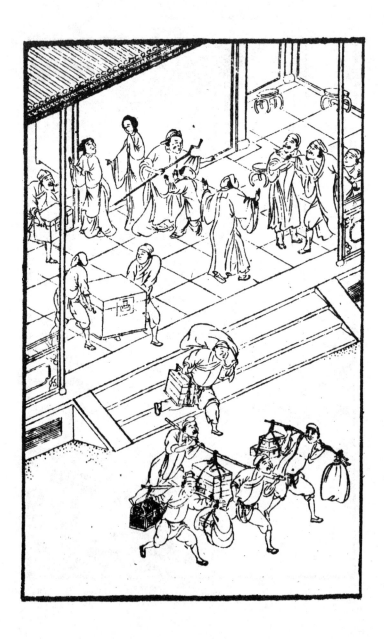

把嫁给西门庆的害处大说了一番，可是玉楼已经立了心想嫁，于是一再表示"不要紧的，你老人家过虑了"，把他的话都驳回去；第二天轿子出门时，张龙改用"为小侄儿好"的态度，再来阻拦，这时孟玉楼大哭，而杨姑娘出来"说公道话"，她说玉楼的前夫也是她侄儿，小叔子也是她侄儿，她两个都疼爱的，"十个指头，咬着都疼"，并不袒护谁，但主张孟玉楼应当再嫁。张龙气急了，不再说好听的道理，而用粗话骂那老太婆，老太婆也反唇相讥，在乱哄哄的臭骂当中，孟玉楼便带着箱笼私己，过门到西门庆家去了。《儒林外史》里面严贡生家产纠纷的故事，写作手法可说是这里来的。

《金瓶梅》里有个满口"之乎者也"的韩道国，为了金钱利益让妻子跟西门庆睡觉也做得出来，但偏又爱吹牛。在第卅三回里，他妻子刚刚为了与堂房小叔通奸，被一群妒忌的无赖子弟冲进屋里来，拿绳绑住捉将官里去了，他不晓得，还到熟人铺子里吹牛：

> 那韩道国坐在凳上，把脸儿扬着，手中摇着扇儿说道："学生不才，仰赖列位余光，在我恩主西门大官人处做伙计，三七分钱，掌巨万之财，督数处之铺，甚蒙敬重，比他人不同。"有谢汝荒（"揭汝谎"？）道："闻老

兄在他门下做，只做线铺生意？"韩道国笑道："二兄不知，线铺生意，只是名而已。今他府上大小买卖，出入资本，那些儿不是学生算账？言听计从，祸福共知，通没我，一时儿也成不得。初大官人每日衙门中来家摆饭，常请我去陪侍，没我便吃不下饭去。俺两个在他小书房里闲中吃果子说话儿，常坐半夜，他方进后边去。昨日他家大夫人生日，房中坐轿子行人情，他夫人留饮至二更方回，彼此通家，再无忌惮。不可对兄说，就是背地他房中话儿，也常和学生计较。学生先一个行止端庄，立心不苟，与财主兴利除害，拯溺救焚，凡事财上分明，取之有道，

韩道国

就是傅自新也怕我几分。不是我自己夸奖，大官人正喜我

这一件。"刚说到热闹处，忽见一人慌慌张张走向前……

那是来通报他妻子和小叔的祸事的。

像这样的段落，读起来活像在读《儒林外史》。对韩道国的讽刺，最尖刻的本是"彼此通家，再无忌惮"那几句，因为韩的老婆与西门通奸，但作者与吴敬梓都常常爱写到谎话拆穿、场面尴尬不堪为止。真实世界里之所以充满虚伪，是由于在真实世界里假面具多半能维持下来；《金瓶梅》和外史爱把假面具拆破，是在写"艺术世界里的公道"（poetic justice）。

《儒林外史》里面官场的事写得很多，因为书中人物很多是读书人，容易走上仕宦之途。《儒林外史》里的官吏，贪污枉法的虽不少，但多不是书中重要的角色；在书中详详细细叙述过的人，做傻事的尽有，骨头不够硬的尽有，但存心做坏事的情形绝不普遍。这样的写作态度，与《金瓶梅》很接近。《金瓶梅》尽管写社会上的罪恶，作者对人性的兴趣其实更大。他写出西门庆受赃枉法植党营私，是要写贪欲的面貌和影响，这一点，下面谈到西门庆的角色时还要论及。他写到别的官员做出不该做的事，读者看到的每每是人受不了压力而保不了节操的情形，像第十回中有意平反武松冤狱的东

平府尹陈文昭，第十四回处理花子虚家争产事的开封府尹杨

时，都是例子。这些官员都是有自尊心的人，作者几回都用

"极是个清廉的官"这样的话来介绍他们。这个刻画人性的可

贵传统，下传到《儒林外史》，可惜没有再传下去。后继《外

史》的是一些讲"现形""怪现象"的官场黑幕小说，作小说

的人带着无限的道德优越感嘲骂这些官吏，对探究人性已没

有什么兴趣了。

注释

[1]《金瓶梅》当然也不是鼻祖，《西游记》已是了不起的讽刺
文学。《西游记》之前，讽刺艺术在戏剧那边大抵已有相当发展。

宋惠莲

《金瓶梅》的讽刺艺术，可说的地方还很多。首先是深度。讽刺文学的通病是肤浅。似乎作者的嘴巴嬉笑久了就很难再合拢来，或者是怒骂惯了，想讲些客观公正的话都不好意思，弄得没法再正经，亦不能认真了。钱锺书的《围城》是个例子，故事本来写得很风趣，可是久而久之读者觉得作者轻薄，也嫌书欠缺深度。优越感在文学上是一把两边都会割伤的双刃刀子，带这种感觉写出，让读者带着这种感觉来欣赏的作品，到头来难免显得浅陋。写讽刺文字的人，嘲讥攻击他人之时往往自由得很，可以很任性——尤其是当受到攻击的对象不是当代的人，或者不是个人而是一整个抽象的阶级，反击的机会实在微乎其微——但写出的东西流于浅薄，这种惩罚他逃不了。

《金瓶梅》所以了不起，是作者嘲讽尽管嘲讽，但并不因之失去同情心，而且对人生始终有很尊重的态度。这一点，我们且用第廿二回开始的宋惠莲故事解说一下。

宋惠莲是个穷人家女儿，父亲是卖棺材的。她长得很俏丽，人又聪明伶俐。家里最初把她卖去当婢女，后来她嫁了个厨役蒋聪，又随随便便地和西门庆的家仆来旺勾搭上了。到蒋聪与伙计打斗身死，她请来旺转求西门庆之助，捕凶手报了夫仇，然后嫁了来旺，来到西门庆家。不久，"看了玉楼、金莲众人打扮，她把鬏髻垫得高高的，梳的虚笼笼的头发，把水鬓描得长长的，在上边递茶递水，被西门庆睃在眼里"。西门庆挑她，她就做了他的娇妇。

这样身世和行径的女人当然不会受人敬重，书中西门宅里的妇女和玳安、平安那些狡猾的家僮都瞧她不起，我们读者的看法大抵也差不多。作者初时的态度似乎和我们很相近，他用一种很活泼的讽刺文体写她自以为飞上枝头的洋洋得意状。就在与西门庆通奸的次日，她出到大门口，用西门庆给她的银子买东西，骚扰那些在西门庆手下做买卖的老伙计：

平昔这妇人嘴儿乖，常在门前站立买东买西，赶着

惠莲儿偷期蒙爱（第二十二回）
西门庆挑她，她就做了他的妍妇。

傅伙计叫傅大郎，陈经济叫姑夫，贲四叫老四。昨日和西门庆勾搭上了，越发在人前花哨起来，和众人打牙配嘴，全无忌惮，或一时教："傅大郎，我拜你拜，替我门首看着卖粉的。"那傅伙计老成，便惊心儿替她门首看。……几时来一回，又叫："贲老四，你替我门首看着卖梅花菊花的，我要买两对儿戴。"那贲四误了买卖，好歹专心替她看着。……妇人向腰里摸出半侧银子儿来，央及贲四替她凿，称七钱五分与他。那贲四正写着账，丢下，走来蹲着身子替她锤。

她很容易就忘记了自己的身份，常参加主人家的妇女活动。在花园里，她跟吴月娘、李瓶儿、潘金莲和西门大姐一道打秋千，她打得最好，荡得最高，露出很漂亮的"大红潞绸裤子"；在房间里，她看着她们打牌，伶牙俐嘴地表示很多意见，让孟玉楼骂了。元夜晚上，她也跟人家去"走百病儿"，看放花炮，和陈经济打情骂俏：

  女婿陈经济骦着马，抬放烟火花炮，与众妇人瞧。宋惠莲道："姑夫，你好歹略等等儿，娘们携带我走走，我到屋里搭搭头就来。"经济道："俺们如今就行。"惠莲道："你不等我，就是恼你一生。"于是走到屋里，换了一套绿闪红缎子对衿衫儿，白挑线裙子，又用一方红销金汗巾子搭着头，额角上贴着飞金，三个香茶并面花儿，金灯笼坠子，出来跟着众人走百病。……那宋惠莲一回叫："姑夫，你放个桶子花我瞧。"一回又道："姑夫，你放个元宵炮仗我听。"一回又落了花翠拾花翠，一回又吊了鞋，扶着人且兜鞋。

那时西门庆常给她一些银两，她拿了来到大门口买东西，衣物、汗巾、花翠、香粉，还有论升的瓜子，自己嗑，也大方地送给各房的下人。这样下来，她越是以为自己与别的仆婢不同，普通的役事都不肯动手，只是呼喝别的仆婢去做。元宵那天，西门庆家饮合欢酒，她给自己一个主仆之间的位置：

那来旺儿媳妇宋惠莲不得上来，坐在穿廊下一张椅子上，口里嗑瓜子儿，等到上边呼唤要酒，她便扬声叫："来安儿，画童儿，娘上边要热酒，快攒酒上来！贼囚根子！一个也没有这里伺候，都不知往那里去了！"

她吐得一地的瓜子壳，画童也只好忍着气替她扫了。过了两天，西门庆在大厅上要茶待客，来保的妻子惠祥在厨下煮饭没有功夫，惠莲又以煮茶是"上灶的"的职责为理由而不肯动手，后来西门庆追究责任，罚了惠祥，惠祥便狠狠地指着惠莲臭骂了一顿：

> 贼淫妇，趁了你的心了吧？你天生就是有时运的，爹娘房里人，俺们是"上灶的"老婆来，巴巴的使小厮坐名问上灶要茶。"上灶的"是你叫的？你我生米做成熟饭，你识我见的，促织不吃癞虾蟆肉，都是一锹土上人。你恒数不是爹的小老婆就罢了，是爹的小老婆，我也不怕你。

讽刺作家把一个人物嘲笑和羞辱到这地步，通常就结束了，即使还未写完，再下去也不过是这样的态度。可是《金瓶梅》中惠莲的故事还有另外的一半。西门庆当初是以替蔡太师织造生辰衣服为借口，把来旺支使到杭州去，而与惠莲私通；现在来旺办完事回来了，他从孙雪娥那里得悉妻子不贞，又知道潘金莲包庇他们偷情。事情开始变复杂，来旺不但打惠莲，并且在醉后大声骂潘金莲，扬开她的历史。这些话给人传给潘金莲听，金莲又羞又恨，毒害的心就起了。她向西门庆哭诉，

惠祥怒詈来旺妇（第二十四回）
惠祥狠狠地指着惠莲臭骂了一顿。

教唆他除去来旺。西门庆去问惠莲，惠莲极力替丈夫洗脱，又建议西门把他再遣出去，"他出去了，早晚爹和我说句话儿，也方便些"。西门庆听了，满心欢喜，和她亲了嘴，打算就这样办。但他是个耳根最软的人，给潘金莲再说了一次，又转了心。于是装好圈套，捉了来旺，诬告他意图谋财害命，关到监狱里去。惠莲初时很怨愤，哭个不停，但是西门庆谎说不会难为来旺的，又不准家人泄露狱中真相给她知道，她听说来旺果然一下也没有打着，就转了心，不哭了。她求西门庆早日放了来旺，又劝给他另娶，这样她自己就完全是西门庆的人。西门庆也肯听，两人谈得好好的，还到床上去。事后惠莲不免面露得色，那些话辗转去到潘金莲那里，潘金莲再次把西门说转了心，要下毒手害来旺。幸而有个叫阴骘的官员主持公道，来旺没有送命，只是打了一顿，流放到徐州去。他起解之前回西门府想拿衣物并见见妻子，但给赶打了出去。这些事本来都瞒着惠莲的，后来有个僮仆漏口让她知道了，她就大哭："我的人嚛，你在他家干坏了什么事来？被人纸棺材暗算计了你。"哭了一回就取一条长手巾拴在房门撘上自缢。

她这回没有缢死。人家发觉了，把她解了下来。她坐在冷地上，说不出的灰心：

　　须臾嚷得后边知道，吴月娘率领李娇儿、孟玉楼、西门大姐、李瓶儿、玉箫、小玉，都来看视，见贲四娘子儿也来瞧。一丈青携扶她坐在地下，只顾哽咽，白哭不出声来。月娘叫着，她只是低着头，口吐涎痰不答应。月娘便道："原是个傻孩子，你有话只顾说便好，如何寻这条路起来？"因问一丈青："灌些姜汤与她不曾？"一丈青道："才灌了些姜汤吃了。"月娘令玉箫扶着她，亲叫道："惠莲孩儿，你有什么心事，越发老实哭上几声不妨事。"问了半日，那妇人哽咽了一回，大放声排手拍掌哭起来。月娘叫玉箫扶她上炕，她不肯上，月娘众人劝了半日，回后边去了，只有贲四嫂同玉箫相伴在屋里。只见西门庆掀帘子进来，看见她坐在冷地下哭泣，令玉箫："你搊她炕上去吧。"玉箫道："刚才娘教她上去。她不肯去。"西门庆道："好强孩子，冷地下冰着你。你有话对我说，如何这等拙智？"惠莲把头摇着，说道："爹，你好人儿！你瞒着我干的好勾当儿！还说什么孩子不孩子！你原来就是个弄人的刽子手，把人活埋惯了，害死人还去看出殡的！你成日间只哄着我，今日也说放出来，明日也说放出来，只当端的好出来。你如要递解他，也和我说声儿。暗暗不透风，就解发远远的去了。你也要合凭个天理，你就信着人，干下这等绝户计，把圈套儿做得成，你还瞒着我。你就打发，两个人都打发了，如何留下我？做什么？"

读者头一次细读《金瓶梅》至此，恐怕都不免吃一惊。我们大概是将信将疑地看着这少妇：我们一方面不肯相信这就是宋惠莲，因为我们一直觉得很了解她，我们见过她娼妓似的作风，见过她如何在通奸之时被人撞破而红着脸，第二天跑去跪着求饶，她明显的是个很庸俗不足道的角色。可是现在她把极度的哀痛与灰心扔到我们脸上，我们受到那种"认出真相时的震惊"，不敢再执着过去的判断。在以后的故事里，她果然再也不跟西门庆有瓜葛，既不跟他睡，也不要他的东西。

作者从头到尾都紧紧把握着惠莲的心理。他也许曾经耳闻目睹过这样的人和事，也许只是凭着艺术家的直觉来创造，但是不管怎样，难得的是他依这个印象来为生命写真，丝毫也不苟且。他的讽刺笔法并没有使他轻薄。我们初时看见惠莲人尽可夫似的，兼之贪财爱势，轻佻愚蠢，大抵很快就得出结论，断定她是个没有爱心、真情与德行的脏女人。这里前一半的印象并不错，淫荡、贪婪和轻佻这些缺点她是辞不了的；可是后一半的推论与判断就错了，而且反映出我们在思想上的懒惰与倚赖成见的习惯，同时在天性上也不免残忍。这懒惰与残忍都不是易摆脱的，试看《金瓶梅》所表现的宽容，在以后几百年的中国小说里再也找不到。惠莲确是很浅薄，很容易自满，一下子便洋洋得意，所以显得愚蠢，这是她的性格，在故事里她已受到了惩罚，碰过孟玉楼和惠祥等人的钉子，后来又为潘金莲所乘。她贪图物质也是真的，这是人所共有的弱点，是《金瓶梅》写作的对象，要是惠莲没有这毛病，她便是个非常人，不是《金瓶梅》世界里的人物了。说到淫荡，我们得要稍加分析。作者大概并不认为性欲这种圣人不禁的人类天性必然是坏的，可是人若不做德行功夫，这欲就如别的私欲一样，要泛滥横流，漫无止境。小说中的奸夫淫妇多，其实是作者把私欲泛滥的情形戏剧化，把普通人未做的事写了出来罢了。书里也有些人不淫荡的，因为人有品类，有些人由于天性、教养、地位与责任等原因，私生活比较检点，像吴月娘就是，孟玉楼也还可以，但是潘金莲、李瓶儿、庞春梅、孙雪娥这些就不行了。作者对这些"淫妇"并不是痛加斥责，他对李瓶儿的同情是很显然的，对其他的几位，其实也有同情，我们在下面会讨论到。他的态度，是视这些人为可怜的弱者，把自己的生活弄得一团糟。惠莲也是一个这样的弱者。不过，她尽管没有传统的贞操观念和德行，我们却不能就说她没有原则和执行原则的道德力量。西门庆当然不了解这一点，他后来叫潘金莲去劝惠莲回心转意，潘金莲回报说这个惠莲"千也说'一夜夫妻百夜恩'，万也说'相随百步也有个徘徊意'"，西门庆还笑道："你休听她撒说。她若早有贞节之心，当初只守着厨子蒋聪，不嫁来旺儿了。"守床笫间的贞节，惠莲是不会的，她教西门庆为来旺另娶而拿自己来做外室，也未必纯粹是缓兵之计，未必不是真心话，然而她绝不是对来旺没有感情。她对来旺的感情，她自己大概也一时描述不来，于是就套用那句通俗的"一夜夫妻百夜恩"来形容，其实她的情感是穷人和穷人共同生活久了而生出的情感，是天涯沦落人的互相怜惜。这种感情，她在获悉来旺已受刑起解之后凄惨的哭声（"我的人嚛，你在他家干坏了什么事来？……你做奴才一场，好衣服没曾挣下一件在屋里……"）里，表达出来了。这个生长在晚明糜烂社会里的穷人家女儿，别的道德原则都坚持不起的了，唯一执着不放的是一点仁爱之心。她承认有财有势的人有特权，所以肯和西门庆苟且，甚至肯离开来旺，只要来旺能另有妻室另有生活就是。可是当她看出西门施用毒计要屈杀来旺之时，她觉得她自己以及仁心的原则（她称之为"天理"）都给完全背弃了。这被背弃出卖之感，就是她坐在冷地上极度灰心的原因。她这时觉得

宋蕙莲含羞自缢（第二十六回）
这被背弃出卖之感，就是惠莲坐在冷地上极度灰心的原因。她这时觉
得整个世界，连同吴月娘在内，都变得可厌可憎，不值得活下去了。

整个世界，连同吴月娘在内，都变成可厌可憎，不值得活下去了。

读者当然还记得她也曾想往上爬，曾经瞧不起"一锹土上"的姐妹，曾经践踏她的弟兄，那是她浅薄之处。这种浅薄也是很普通的毛病，历来想嫁金龟婿的女子数也数不清。而惠莲感人之处，是她的浅薄下面藏着爱心和贞节，一旦遭遇大变故，这些品质会绽放出来。托尔斯泰也让一个这样的女子感动过，他的半自传的小说《哥萨克人》里，有个手掌长大而有气力的乡下姑娘玛莉亚（玛莉安卡 Marianka），她想委身嫁给书中主角，一位富有的俄国青年军官。她是在一个喝酒的晚会里决定的，当时以为是很简单很轻易的事情（"我为什么不能喜欢你？"她答他的问话道："你又不是麻脸。……"然后就玩他的又白又软的"好像奶酪"的双手。）可是随后她的哥萨克男朋友在一次突击中受了致命的伤，她对自己人的忠贞霍然苏醒。这时尽管这事件与俄军无涉，那俄国佬也只好走路了。

宋惠莲的画像，让我们看见《金瓶梅》的写实艺术是多么的认真。我国小说的读者，历来都不甚懂得写实艺术，看到小说中的动作与对话生动活泼，就会很满意，通常不再追问是否有更深的人生真实。比方《红楼梦》，大家众口一辞都说这是伟大的写实主义小说，原因是书中有很丰富的细节与生动的对话。《红楼梦》里的晴雯与惠莲颇有相类之处，同时亦有许多地方恰成对照的，若把两人比较一下，很可显示两书艺术的分别。两人都是丽质天生，外有轻佻淫荡之名，内有贞操之实。红迷会指出，这两人是不能相提并论的，因为惠莲连从一而终都做不到，而晴雯却真正是"清操厉冰雪"，她虽然得到宝玉钟爱，自己也深爱宝玉，却一点儿也不透露出来，而且对他不假辞色，直要到最后两人在病榻上会临终一面之时，她才说出深藏的情意，并用牙齿咬下两条指甲给他留永恒之念。这故事好像很动人肺腑，但同时也是幼稚得像十多岁情窦初开的少男编来讲给十多岁少女听的，哪里比得上惠莲故事之能反映出复杂的人生？又哪里及得到惠莲故事以不贞妇人来写贞节那么惊人与感人？两个故事的叙述方法也完全两样：《红楼梦》的故事中，晴雯的贞洁是毫无疑问的，读者从头到尾都如作者一般知道得清清楚楚，只是王夫人由于一时误会而枉加给她淫荡的恶名而已。王夫人的误会何以竟一直不能消除而要晴雯屈死，这是关乎本书艺术本质的关键问题，答案也许很多，但最根本的显然还是，非此便不能引出故事的精髓部分，即是那荡气回肠的永诀与私祭场景。这些场景，乃至这整个故事，明白是写来"赚人热泪"的，事实上后来果然改编成许多戏曲，供人叹赏。若说这种唯情的作品是在认真对待人生问题，我们就太不认真了。惠莲的故事正相反，惠莲的行径如何，书中人物所知并不比我们读者为少，他们对她的节操判断错误，不是由于知识不足，只是由于见解与同情不够，而他们的错误，我们读者也一直都在犯着。这么认真的写实艺术，真是难能可贵，在我国小说史上太罕见了。

我们感觉得到，惠莲长得很美。小说家描绘姣好容颜的能力本来很有限，你说这女子的眼睛怎样，鼻子怎样，嘴巴又怎样，到头来都留不下多少印象的，空惹"意态由来画不成"之叹。比如晴雯，她的性子我们比较清楚，她的美貌我们实在没有什么印象，只是推想而知——因为人家说她长得好，又说她像林黛玉，而林黛玉据说是绝色。惠莲的妩媚却给我们感觉到，因为作者讪笑揶揄她的行为之时，仍写出了不少。她的外貌究竟如何，我们当然也不知道，只听说她美，只知她爱美，而且好搔首弄姿，使一家上下的女人都妒忌与侧目。她的体态我们有多些印象，因为见过她荡秋千，一下子高飞入云，"端的是天仙一般，甚可人爱"。穷人家出身的文盲，思想是谈不上的，可是聪慧并不缺少，看牌比谁都快。她能只用一根木柴，很快就烧好一个猪头，送上来给太太们吃。她的话比人多，经常与男人调笑，俏皮话好像说得收不住口似的，潘金莲叫作西门庆的"第五个秋胡戏"（有剧名《秋胡戏妻》），说西门庆撒谎就要说到"把你到明日，盖个庙儿，立起个旗杆来，就是个谎神爷"。有人会说，这么轻佻淫贱的女人，怎能说得上美？不过，我们难道不能从中看见她的青春与热情吗？荷马常常叫那位爱与美的女神做"爱笑的"阿佛洛狄忒，阿佛洛狄忒就是很轻佻佚荡的，也曾在与战神私通之时给她的跛足铁匠丈夫用特制的铁网成双地捉获在床。我们说的是不论教养的自然之美，像惠莲这样，外面是明艳的容色与动人体态，内里是压抑不了的青春活力、热情与聪慧，女性自然的美还缺了些什么？在作者心目中，她很可能与荷马心中的美神一样的美。试想，若把阿佛洛狄忒丢进西门庆在清河县的宅里去做婢女，她难道不会说一口山东土话，做那些腌臜事？惠莲的美，是丢到猪栏里的珍珠，那酗酒的蒋聪及与孙雪娥私通的来旺、滥交的西门庆固然没有懂得赏识，读者恐怕也没有充分赏识。作者是赏识的，惠莲死时，他说"世间好物不坚牢，彩云易散琉璃脆"，惋惜之情溢于言表。他嘲笑惠莲忘却自己身份而跑了去附太太小姐们的骥尾，这是卓别林扮演小人物那种同情的讥笑。女人的天然等级往往是以容貌来划分的，惠莲是命不好，以致她本分的东西都成了分外的贪婪奢望，要做人所不齿的事才换取得到。她走

上她凶险而又凄凉的路，几乎是没选择的：且不说她天生的
一份虚荣心，单单是由于长得妖媚，在西门宅里，她就很难
走惠祥或是一丈青她们的"上灶的"道路。

宋惠莲

表里之别

论《金瓶梅》的讽刺艺术，最后还要说到世间事物外表与内里的分歧[1]。《金瓶梅》作者感到无限兴趣的是这种分歧，上两节所分析的各种行为只不过是表里之别的一些表现。作者对这个课题真可说是喜爱得入迷，从前约翰逊博士（Samuel Johnson）说莎士比亚见到可以做文字游戏的机会必不放过，本书作者写表里歧异也同样乐之不疲。小说的结构经常都借用这观念来营造。西门庆一样一样得来的东西，后来一样一样失去，方式差不多相同。他死后，他的妻妾之中，从妓院里拿钱买来的李娇儿"盗财归院"去了；当初动了春心而嫁过来的孟玉楼又动了春心而嫁出去给李衙内；因通奸而进门的潘金莲，又因通奸而给月娘逐出门去，连婢女春梅也交由当初经手买入的牙婆薛嫂发卖了。从前的手下人以及借奉承来吃饭揩油的帮闲朋友，现在也都一一——或偷或骗抢走他的遗产。当初西门庆觊觎友人花子虚的妻子和家产，花子虚蒙在鼓里，还盲目地信靠他；后来女婿陈经济做事勤谨，西门庆很高兴，也很信任，以为"我也得托了"，怎知再后陈经济遗弃他的女儿，又与他的妾潘金莲及婢女春梅通奸。潘金莲是很狡猾的，所以李瓶儿和吴月娘都一度听信她的话，以为她是好人；但潘金莲最终落入武松手里，是因为她相信武松要与她及迎儿重新组织个家庭。她有一回因为失了算命的机会，傲慢地说，管它将来是"街死街埋，路死路埋"；等到她被武松杀了时，割碎的尸体丢在街上，几天都没有人收葬。

这些节段，过去读者大抵都以"果报"来理解。报应故事一般都有"推想的结果"和"想不到的、事实上的结果"两回事，所以表里之间也大有歧异，但是本书作者感兴趣的，是比果报更根本的观念。他爱写的现象，即使拿出"命运的讥讽"，也还未能说尽。我们且举一个例子来细说作者的用心。

《金瓶梅》中有好几次讲到西门庆宅里在讲佛教的变文或宝卷，其中在第卅九回官哥儿寄名和潘金莲生日时，两个尼姑来讲的是禅宗五祖的前生。故事说五祖前生本是个张姓财主，有八位妻妾，家财无数，一日想到生死无常，就决定弃家去修行。他的妻妾一齐来号哭劝阻，应许将来在阴间替他承担罪过。他便假意置酒谢她们，喝酒时开一个玩笑，证明没有人能替他受罪，于是他出了家，后来死后再投胎而成为五祖。这个故事不是胡乱拈来的，因为这里的财主张员外就是西门庆的影子，故事的教训是西门庆应该领受的。但是，西门庆根本没有听到（他平时就不爱见到尼姑来串门子，那些尼姑听见他回家便要急忙从后门溜掉）。他的妻妾听是听了，却也没有醒悟。作者并不指出她们其实听而不闻：她们还照着惯例，一边听，一边齐声接佛，可是当尼姑休息时，大家就说笑，好像如释重负。故事说到张员外既像耶稣又像摩西那么样投胎到河边洗濯的千金小姐腹中，"潘金莲熬的磕困上来，就往房里睡去了。少顷，李瓶儿房中绣春来叫，说官哥儿醒了，也去了"。等到五祖出生，"李娇儿、大姐也睡去了，大妗子歪在月娘里间床上睡着了，杨姑娘打起呵欠来……"，月娘于是打发众人去睡，剩下的故事是王姑子和她同床睡时始讲完的。讲完了，她就教月娘找薛姑子去取头胎的孩子胞衣来配药，好去生儿子争宠。这整段都讲得自然极了，比《红楼梦》硬搬出《坛经》中六祖与神秀争衣钵的故事来得自然得多，然而恐怕有一千人记得《红楼梦》有六祖故事，也没有一个人记得《金瓶梅》有五祖故事。书中其他各回讲佛经故事的情形，都让我们感受到表里不一的味道。那些故事和经文都劝善，劝看轻不可靠的尘世，可是演讲的王薛姑子等人，本身就不善良，又贪尘世的财物，为了印经的钱便互相攻讦咒骂，听的人也听如耳边风，他们在听宝卷的前后，往往叫李桂姐、申二姐这些歌女妓女唱情欲饥渴的淫词艳曲。

我们再举一个例吧。《金瓶梅》里有个一言不发的重要人物，就是在第三十回，李瓶儿为西门庆生下的男孩子。这个小孩理应有个非常幸福、非常可羡的童年，因为他是个大富人家的长子；他的生母虽然位仅妾侍，但是是最得宠的少妾，私己钱多，人缘又好；他的大母亲吴月娘颇识大体，对这个家的嗣子很爱护；他父亲西门庆爱他爱得不得了，由于他是自己娶过八个女人后养的第一个儿子，是瓶儿所出，兼又"脚硬"，带来官爵和钱财，西门虽是嫖饮之后睡眠不足，睁眼见这官哥儿就眉开眼笑。他们给他请个奶娘，又让几个丫鬟围护着他。这小宝宝在其后的二十多回书中常常露面，作者并没有像写惠莲那么样一口气用很长的篇幅细细描写，可是对这个生长在富贵繁华里的小孩子的命运，有很清晰的构想。小宝宝原来没有几天好日子过。吴月娘说他的胆子特别小，这判断是否正确姑置不论，他家里的生活却真是要天生身体和胆子都很粗壮才混得过的。首先，也许我们都未很觉察到，西门宅里饮宴作乐，其实嘈吵得很。月娘在第四十三回请乔姓亲家来玩，请了几个妓女来弹唱助兴，她们一齐弹唱之时，"端的有落尘绕梁之声，裂石流云之响，把官哥儿唬得在桂姐怀里只磕倒着，再不敢抬头出气儿"，月娘就笑他是"好个不长进的小厮，你看唬得那脸儿"。西门庆看见又生了子，又当了官，便要去上坟祭告祖先，他花钱把坟茔修缮得很壮观，叫齐了仪仗，带了小孩去到，仪式开始时，"响器锣鼓，一齐打起来，那官哥儿唬得在奶子怀里磕伏着，只倒咽气，不敢动一动儿"。大人又要剃他的头发，先叫潘金莲看历书，说"是个庚戌日，金定娄金狗当直，宜祭祀、官带、出行、裁衣、沐浴、剃头、修造动土"，于是剃起来，小孩呱呱哭，剃头的慌了，愈是剃得急，小孩哭得几乎闭气送了小命。平时家里的人都拿他当玩具。在第卅九回，由于他多病痛，替他找吴道官起了一个"外名"叫吴应元，道士送来一套道袍，吴月娘就叫李瓶儿抱他出来穿上看看，"李瓶儿道：'他才睡下，又抱他出来？'金莲道：'不妨事，你揉醒他。'"于是把小孩弄醒出来穿道服，"戴道髻儿，套上项牌和两道索"，终于把小孩吓得哭了，拉了一抱裙奶屎。那回请乔亲家时，官哥看见一屋子都是人，把眼睛不住地看了这个看那个，妓女李桂姐逗引他，他就要桂姐抱，有人说他竟也会喜欢漂亮女人，月娘说："他老子是谁？到明日大了，管情也是个小嫖头儿。"李桂姐还与他亲嘴。他的小嘴儿给很多不大干净的嘴唇亲过，潘金莲和女婿陈经济调笑，大家都亲他的小嘴，后来两人躲进山洞去鬼混，却把他丢放在洞口外面，让猫儿吓了他。李瓶儿天生懦弱，想要"人缘好"，也就不能好好保护这小孩。不久，成年人的恶毒就临到他身上。潘金莲一向妒忌李瓶儿，现在见她养出男孩，妒忌变成压不住的恼恨，于是常借故打狗、打婢女秋菊，吵得官哥从梦里惊醒。她又曾把官哥抱得高高的让他吃惊，最后更训练猫儿雪狮子去抓小孩，终于有一天有机会把官哥挝伤而且唬吓坏了。以后呢，小儿科太医、刘婆子、钱痰火等人的医术巫术一齐来，又烧艾火来烫，小孩儿便送了命。李瓶儿伤心得发了狂，家人扛尸首出去埋时，她不答应，哭着叫吴月娘出面干涉："大妈妈，你伸手摸摸，他身上还热的！"可是那时一屋里乱哄哄的，除了李瓶儿似乎没有谁特别介意。西门庆初时很暴躁，他问知是雪狮子抓了小孩，气冲冲地跑去把猫摔死在石阶上；但摔死了猫儿，好像气也出了，也没有再怎样追究，还怪瓶儿伤心得太过分。

我们说过，这个富室宠姜所出的长子，理应是幸福得很。作者起初也似乎鼓励我们朝这边想去，他叙述这孩子生下来时是个"满抱的孩儿"，满月之时"面白唇红，甚是富态"。应伯爵奉承着说他将来一定有纱帽戴，于是取名"官哥"。我们要读很久，直至看见吴道官给他一个外名叫作"吴应元"，才可能依照谐声（"无因缘"？）而猜到他会有不幸的命运。

拿小孩子来说成年人——马克·吐温的男孩，狄更斯的男孩女孩，《战争与和平》中窥看库图佐夫元帅在农舍里举行军事会议的小村女——是西洋小说在 19 世纪中叶后发展出来的伎俩。官哥的故事并没有这种技术意识，故事是东一句西一句，散散漫漫地讲成的，我们把官哥叫作小说中"人物"，是很广义的叫法，广得略如人家说巴黎等欧洲都会是詹姆士（Henry James）小说中"人物"那个意思。不过，从本节的总结看，这婴孩在作者心中是个很不简单、很不含糊的构想。契诃夫就会拿一个很长的短篇小说，讲一对上流社会里的时髦夫妇怎样款待客人，怎样各自在欲望与疑虑中整整闹了一天，把妻子腹中的胎闹下来为止。《金瓶梅》的作者不这样讲故事，但他的故事不是一样的吗？他与契诃夫看表里不一的眼光是一样的。

IRONY（暂时就音译为"艾朗尼"吧）的概念，反映出观者了悟到大千世界中人生万象，有很复杂矛盾的性质。拿这概念作为一种尺度，以衡量作家是否成熟，不能说是毫无道理。由于我国的传统文学批评少用这概念，有人以为看内外不一与意义相歧的眼光是西欧文学的特色，这其实是一种错觉。我们在前头分析《金瓶梅》，已经反证出这种错误。中国诗歌里也常可见到艾朗尼，而且过去的读者虽不用这词来解说，却一样能欣赏。比方元稹的"寥落古行宫，宫花寂寞红，白头宫女在，闲话说玄宗"，若不是有着一个丝毫不寥落的背景——文治武功、诗乐鼎盛的玄宗明皇帝、骄横奢侈而正当盛年的贵妃、渔阳叛将的鼙鼓声、马嵬坡的泥土——味道就少得太多了。滕王阁是古迹，"阁中帝子"早已成了灰土，没有什么好说，可是槛外的长江依旧，而高阁的本身也还宏丽如昔，起码还有"画栋朝飞南浦云，珠帘夕卷西山雨"的气概，这就使人要动情绪。杜甫的"国破山河在，城春草木深"，其间对自然与人事之不同所感的惊愕，是很明显的。再如以"长门""永巷"为题材的宫词，诗中主角是失宠女子，心境落寞悲苦，然而环境却往往并不凄凉肃杀——不是衣衫褴褛站立在残垣荆榛之间，甚至未必是在冷清清的楼台之内，对着满园秋草流萤——而会是舒适华美，甚至豪奢的环境，满眼都是水晶帘、鸳鸯枕、画屏与金鹧鸪，季节则是春天，或者暮春初夏，早已盛放的花朵开始落瓣，日光暖洋洋的，黄莺也唱倦了。大抵在文字与情感两方面都自觉应付裕如之时，作家就会开始用观看艾朗尼的目光来写作。

中国小说方面，这种目光确是不多见。这似是中国小说艺术比较不发达的证据之一。我们手中的《金瓶梅》因此显得非常突出。这本16世纪早期的作品，本身是头一本非讲史演义、毫无依傍的小说，好像希腊神话中的女神雅典娜，一生下来就已经是甲胄齐备的了。我们称作者为不世出的天才，这是一点原因。

注释

[1] 亦即irony。这字有人译为"反讽"。我个人对这固定译法有些存疑，因为irony的意义很多，诸如"表里不一""两种知识、了解之别"，等等，都不是"反讽"一语表达得出的。

德行：吴月娘与武松

我们现在可以进而谈小说中的主要人物，以及小说的重要意思。我们且从西门庆的妻子吴月娘说起。

西门庆宅里，上上下下，没有什么可钦敬的人物。服侍西门庆的人群中，那批帮闲汉道德卑下，不待再说；帮他做生意的，贲地传和韩道国竞相纵容妻子与他通奸来取利，韩道国的妻弟王经也陪他睡觉，后来他死了，他们与崔本、甘润、来保、来旺等，个个抢骗他孤儿寡妇的钱财。再下一层的仆婢，年少新进门的，例如歌童春鸿，还比较天真单纯，服役久的就少有好人了。像"嬉游蝴蝶巷"的玳安就很坏。有个佼仆叫琴童，很早就与潘金莲私通；有个书童，与月娘婢女玉箫苟合，后来给潘金莲撞破了，书童惧而拐款私逃，玉箫则只好乖乖地做金莲工具，替她打探情报。这玉箫早就会跑来跑去助西门与人奸通，曾劝过宋惠莲要依从主人的欲心，不可强项而致吃苦头。《金瓶梅》里的仆婢好像菲尔丁写出来那些，是实写的人物，没有美化过的。他们并不特别坏——起码不比他们的主人家坏，但既出于那唯利是图的污泥，也不能不有所染。

西门庆的妻妾，平均来说，只是在穿戴食用方面比那些下人高。潘金莲的品德不必说了，她差不多是中国小说中最邪恶的女人。李娇儿是勾栏出身，后来自自然然回到李家院子里。孙雪娥是厨下婢，心眼小，却又会和来旺通奸，最后给人卖到青楼去。李瓶儿是抛弃亲夫的通奸妇人。孟玉楼再醮到西门家，后来三醮归了李衙内。作者给西门庆找来这么多败德妇女，也可说费了些苦心，只在西门的正室吴月娘身上，他似乎算是让一步。

但是多大的一步呢？吴月娘的德行值得打多少分数，是个值得探究的问题。在康熙年间的"张竹坡本"里，评书的张竹坡对月娘批评得非常苛刻。他在书头的总评以及书内各处的眉批夹批

玳安

里，不住攻击月娘，遇有涉及钱财的事就指责她贪婪小气，见她与人争执便骂她愚顽或奸诈，等到西门庆做坏事时，又怪她纵容丈夫。张竹坡力言作者对月娘深为不满，并且在书中字里行间有很微妙的指斥。张氏看来显然深受金圣叹评《水浒传》的影响，他对吴月娘的看法，与金圣叹对宋江一模一样。依他的看法，《金瓶梅》中最坏的人不是别个，正是这"奸诈"的吴月娘。

吴月娘

我们拿小说来仔细地看，发觉张竹坡太夸张了，辞不了偏颇之名。吴月娘肯定不是没有缺点，可是她明白是很想做好，并以贤妻良母自勉的，说她奸诈，她一定会指天誓日否认。依作者的写法，她确实是比较良善，待人较为宽厚，有同情心，而且有道德勇气。比方拿她与孟玉楼相比，玉楼嫁了西门后行为也还规矩，但处处表现出是个自了汉，不肯做为人吃亏的事，月娘则有担当得多。还有最要紧的一点理由，就是这小说需要个有德向善的人来支撑。作者爱把人性中的欲念与其他缺陷戏剧化，把潜在的倾向演成实在的事件，所以全书人欲横流，但是书写到这境地时，若再没有一些向善的"正面人物"，就不能够产生善恶冲突来表现价值。假使连月娘心里也没有道德观念与力量，西门家败之时，在小说内外都引不起痛苦与同情的了。

不过，张竹坡看出作者对月娘有微词，却很正确。在作者的构想中，月娘是有德，但她的德行并不是那么难能而可贵。她在家庭之内和社会上的地位，会驱使她进德。我们看见西门庆死后众妾都散了，独有她肯守节，但是事实上她守节比她们守节的好处要多得多，因为她管理和操纵着家产，而且只有她凭着大妇的身份有可能受到朝廷旌表，众妾都不能有此奢望。对着李瓶儿生的儿子小官哥，潘金莲是恨得不得了，她却很爱

卖富贵吴月攀亲（第四十三回）
在作者的构想中，月娘是有德，但她的德行并不是那么难能而可贵。

护，显得比金莲仁厚得不知多少。当然，她天性可能很温良，所以有这样的表现，但我们须知，官哥若他日长成挣得功名，金莲是一点光也沾不着的，而她（月娘）身为大母，得封诰还会在官哥生母瓶儿之先——这一点，瓶儿在盼望她善待官哥时，已明白说了出来。再如她夜间私祷，许愿祈求家宅兴旺，不但感动了无意窥见秘密的西门庆，也感动了日后的曹雪芹，因之《红楼梦》里的贾太君也来一次夜祷许愿。这样的行动当然表现出责任感，可是若视之为一件于己有害无利的绝对道德行动，那也还是太简单了一点。总言之，若有人说月娘的道德力量还未及那位人尽可夫的宋惠莲，作者未必不同意。

月娘性格上的主要缺憾，是自以为是。她不仅以贤良自勉，还很以之自许自豪。张竹坡说她奸诈，虽云过当，但自以为是的人所免不了的伪善，她亦不能免。《金瓶梅》里的女人都爱骂人，不过是背地里骂的多，月娘骂人却是当面骂的，是理直气壮地骂。她天生本不聪明，加上对自己的德行有这信心，于是常表现出所谓"愚而好自用"，问题不甚会解决，而不住与人吵嘴生气，或是中人家圈套。潘金莲初进门时骗得她团团转，后来与她冲突，气得她手臂都麻了。李桂姐只比她小几岁，见西门庆做了官，就来拜她为娘，她高高兴兴接受，于是放一个妓女进门来接近自己放荡的丈夫。没有什么中国小说

吴月娘扫雪烹茶（第二十一回）
月娘性格上的主要缺憾，是自以为是。她不仅以贤良自勉，还很以之自许自豪。

写人之自以为是写得这么好。

月娘之不敏，是作者一点重要的意思。作者用了不少笔墨写她处处不如人：不如潘金莲，不如李桂姐，不如庞春梅，甚而不如别的普通妓女仆婢。她在家里的地位最高，众妾侍叫她大姐姐，她自己亦以大姐姐自居，可是由于不够机敏，教育又少（像潘金莲反而能看书和作小曲儿），年龄阅历也不比别人多，领导不来，反而常闹笑话。比方西门庆初加官时，一屋里来贺的小妓女在谈笑，她竟一句也听不懂。另外一回，她和众妾、西门大姐、宋惠莲等人在花园里荡秋千，她荡不来，后来却走出来讲了一个"在家做女儿时"听来的传闻，说隔壁周家小姐打秋千滑下来，把"身子喜"抓去了，后来嫁人被人家说"不是女儿"，休逐回家，以此来告诫众人。这警告是多余的，因为在场的都是已嫁的妇人，但这样打断了游戏，却败了大家的兴。其后不久，我们看见她自己多事，跑去爬很斜滑的楼梯，倒把自己肚里的胎落下来，以后便眼光光地看李瓶儿生产，自己只得再求那些尼姑弄些药来受孕。

作者花这些笔墨来写月娘不敏，主要的目的不在得些笑料，而在让读者看见，德与智之间是有冲突存在的。月娘之有德，正因为她笨。书里描写她长着一张银盘似的脸，看相的吴神仙从中看出她有德行和福泽，在作者构想中，那大抵是一张钝钝的圆脸。西门庆六个妻妾之中，最笨的是她和李瓶儿，人品最好的也是这两个；潘金莲最坏，最聪明的正是她。连西门庆本人都嫌太聪明了：在第五十七回，他捐款五百两重修永福寺，又在薛姑子那里刻印佛经五千本来流传，事后很轻薄地对月娘说，只要他这样广为善事，"就使强奸了嫦娥，和奸了织女，拐了许飞琼，盗了西王母的女儿"，也没有关系了。现代小说家康拉德（Joseph Conrad）的一个主题是认为人聪明就启疑窦，就不忠信，于是成就不了德行，《金瓶梅》的作者也有这种悲观色彩，他的月娘、瓶儿都是笨人，就像康拉德的马克惠船长（Captain McWhirl）和"傻祖"（"Stupid Joe"，Joseph Mitchell）。

《金瓶梅》里不是没有好人。连好官也有几位，比如来旺给西门庆诬告，武松报仇时误杀了李外传，都靠一些好官像 deus ex machinas 解救了。廉明的御史曾孝序把蔡太师也狠狠地参了一本，吓得西门庆魂飞魄散，阵脚大乱。可是这些好人都是远看比近看为宜，他们的德行是未受试炼的居多，受到引诱与恐吓之后他们还能不能保住节操，就不一定了。我们提过杨时和陈文昭两位的情形。再如春梅所嫁的周守备，金兵南侵时他尽忠守土，终于马革裹尸而还。从一个角度看，这当然是位可钦可敬的人物，史书方志都应给他写上好好的一笔。但我们看见小说所述他的私生活，从私生活可看得出他的品格：他很纵欲，极可能得一个西门庆那种可耻的下场，所以遇上金兵而死在刀枪之下，其实该算是他的好运气。《金瓶梅》的人物都是这么真实的，读者若要找些形象来膜拜、叹赏，得要到《水浒传》《红楼梦》那些书里去找。

说到《水浒传》，梁山上倒有个英雄在《金瓶梅》里扮演了一个不大不小的角色，而两书对他的描画，很能反映出两位作者对道德的不同了解。这位英雄就是武松。他在《金瓶梅》开卷不久就露面，那时我们觉得这是一条好汉，他的故事是个好人报仇不成反遭歹人坑害的故事。他重临小说之中是在第八十七回，这一趟他报仇成功，就如同在《水浒传》中一样，在武大灵前杀了嫂子。可是他留给我们的印象非常恐怖，非常恶劣。我们读《水浒传》时不大反对杀人，是由于在这夸张的英雄故事的天地间，我们不大认真，只是在一种半沉醉的状态中欣赏那些英雄；但《金瓶梅》是个真实的天地，要求读者很认真，一旦认真，杀人就不能只是一件痛快的事。被杀的潘金莲，无论怎么坏，无论怎样死有余辜，这个拖着一段历史与一个恶名而把自己生活弄得一团糟的女人，我们是这么熟悉，她吃刀子时，我们要战栗的。

《金瓶梅》把武松这次报仇的谋杀本质写得昭然若揭。武

武都头杀嫂祭兄（第八十七回）
武松重临小说之中是在第八十七回，这一趟他报仇成功，就如同在《水
浒传》中一样，在武大灵前杀了嫂子。

松遇赦回乡，知悉自己的一个仇人西门庆已死，另一个仇人潘金莲正在王婆家发卖，他就带了银子去找着老太婆，假说想娶金莲回家与侄女迎儿重组家庭。他使用了最有效力的办法，对那老虔婆施的是一百两身价再加五两酬金的利诱，对金莲施的是她惯常使用然而自己也最抵挡不了的色诱。我们读者知道武松包藏祸心，就是笨钝的吴月娘听说武松来买嫂时也大吃了一惊，可是潘金莲是没法冷静思考的。她老早就迷恋这位打虎的英雄，而今日她更是个卅二岁的中年妇女，在人生的战场上已一败涂地，无依无靠，她自然很想相信他说的是实话。武松心里那些教人打冷战的意图收藏得好好的，脸上若无其事，还装成一个不会处理自己生活的老粗模样，对王婆说："敢烦妈妈对嫂子说，她若不嫁人便罢，若是嫁人，如今迎儿大了，娶得嫂子家去，看管迎儿，早晚招个女婿，一家一计过日子，庶不教人笑话。"武松是个真正的亡命汉，他觉得没有什么手段是不能用的，潘金莲这时哪里还有半线生机呢？

作者随后就把潘金莲还给《水浒传》了。读者也许暗中希望武都头如果一定要下毒手，就像在《水浒传》里杀人那么快捷，像很多美国西部片中枪战那么英武而不带血腥味道吧。可是《金瓶梅》的作者却像一些晚期西部片的导演，把现场描绘得令人反胃：

这武松一面就灵前一手揪着妇人，一手浇奠了酒，把纸钱点着，说道："哥哥你阴魂不远，今日武二与你报仇雪恨。"那妇人见头势不好，才待大叫，被武松向炉内揸了一把香灰，塞在她口，就叫不出来了，然后劈脑揪翻在地。那妇人挣扎，把鬏髻簪环都滚落了。武松恐怕她挣扎，先用油靴只顾踢她肋肢，后用脚踏她两只胳膊，便道："淫妇，自说你伶俐，不知你心怎么生着，我试看一看。"一面用手去摊开她胸脯，说时迟，那时快，把刀子去妇人白馥馥心窝内只一剜，剜了个血窟窿，那鲜血就邀出来。那妇人就星眸半闪，两只脚只顾登踏。武松口噙着刀子，双手去斡开她胸脯，扑扢的一声，把心肝五脏生扯下来，血沥沥供养在灵前，后方一刀割下头来，血流满地。迎儿小女在旁看见，諕的只掩了脸。武松这汉子，端的好狠也！（第八十七回）

作者这样让我们看，把一个人像宰一只畜牲似的活活杀死是怎样的一回事。这里的香灰塞口、靴踢肋肢、簪环滚地、内脏从胸腹腔中生扯出来、半死的人还只顾蹬脚，都不是《水浒传》的文字，然而确是蓼儿洼英雄的行径，是《水浒传》天地容许的事。（武松用来买金莲的一百两银子，不正是施恩相赠的吗？）

武松报仇的故事还有一笔，就是迎儿。这女孩儿在《水浒传》中是武大家里的小婢，但《金瓶梅》把她变成了武大的女儿，即是武松的亲侄女。为这目的，《金瓶梅》还修改了武大的生平，说潘金莲是他续弦的后妻，前妻是迎儿的生母。这样一来，武松就有了一个血亲，多了一些责任。假使武松在虚荣心之外，还有真挚的手足情，那么他要为亲侄女安排生活与前途，应当尤急于为亡兄雪恨才是。可是这是比杀人放火更大的担当，这需要小心耐性，不若报仇来得痛快，这不是梁山泊里所讲的德行。武松也就不肯负这责任。初时他去骗潘金莲，假装打算负这责任的，后来却只顾杀人，生剐了金莲之后，又割了王婆的头，还打算到隔壁王家杀王婆的儿子王潮儿：

　　那时也有初更时分，（他）倒扣迎儿在屋里（按：即凶杀现场）。迎儿道："叔叔，我也害怕。"武松道："孩儿，我顾不得你了。"

他找不着王潮儿，但卷走了王婆的财物，于是重上梁山，再也不理会失了怙恃的小侄女，不理会她会不会沦落到青楼，或是在长街上讨饭。

痴爱：李瓶儿

吴月娘之后，我们谈李瓶儿。

她是使本书得名的三女性之一。我们说过，她和吴月娘相像，都比较愚钝，同时也比较温良。她在西门庆家里的地位很优越，初过门时虽受了些羞辱，但不久就变了最得宠的妾，原因是她长得好看（她特别白皙的皮肤是潘金莲妒忌得不得了的），最先养下男孩，而且从前的公公花太监又留给她许多私己钱，她毫不吝啬地给人花用。不过，由于生得不聪明，常都受人欺侮。那些尼姑、吴银儿、老冯等人骗她的钱也罢了，潘金莲受她惠之后还整治她。她不会反击，有时偷偷对人诉诉苦，有时就躲着哭泣。

但她全部的故事不止于此，作者有更深刻的描写。这个温

李瓶儿

良柔弱的小女人，也有一段"坏女人"的历史。西门庆当初本是她丈夫花子虚的朋友，她和西门勾搭上了之后，就背弃了丈夫，由他受人陷害，坐视他活活气死。丈夫死后，她不能如期过门嫁西门庆，竟在很短时间内又姘上一个医生蒋竹山，结果又嫌这医生不惬意，逐了他出门去。

这个女人的性格该怎样去了解呢？恐怕很多读者初时都有这疑问。小说开头的章回叙事也有些朦朦胧胧的，我们虽然知道发生了些什么事，但终归有隔雾看花之感，尤其是李瓶儿嫁给西门庆以前的事，有些像传闻，不很像亲眼目击的事。我们的疑团可能要一直留在肚里，直到瓶儿的儿子死了，她自己也活不下去了时，她的人格才忽然像所谓"神灵显现"（epiphany），一下子很清晰动人地现出来。

写死亡是《金瓶梅》的特色。一般人道听途说，以为这本书的特色是床笫间事，不知床笫是晚明文学的家常，死亡才是《金瓶梅》作者独特关心的事。中国文学与西洋文学相比，有个弱点，就是对这件人生大事不够重视。深刻的西洋作品中，死常常都是占中心地位的。拿国人比较熟悉的大文豪托尔斯泰来说，他的所谓三巨著，《安娜·卡列尼娜》以女主角自杀作结局，《复活》讲心灵的死亡与复活，《战争与和平》中，安德烈郡王一死再死，皮埃尔到战场上去看人怎样面对死亡，后来更有陪行刑的经历。他的早期作品，无论是以塞瓦斯托波尔战争或以俄国东方地区作背景的，都爱细写死亡的经过——酋长哈泽穆拉德与别的鞑靼人、哥萨克、俄国人；后期的几个中篇短篇，像《主与仆》及《伊凡·伊里奇之死》，也是围绕着这个题目来写。西方基督教有个传统，认为死是最重要的，生活只是死亡的准备，他们的知识分子会在书斋里放个骷髅，死亡成为文学中的大题目是很自然的事。中国人却从来都不爱谈死。中国作家写到这题目，往往是胡诌一番——《牡丹亭》啦、《三言》《二拍》，《聊斋》中的人鬼恋的故事，不一而足；要不然就是得道升天，美化了或是避过了死亡。我们的绝世佳人林黛玉，死得那么清美凄绝，烧着诗稿，直声叫着"宝玉！宝玉！你好……"，读者忙着咏赏怨叹，看不见死亡的丑脸，也闻不到腐烂的恶味。中国小说家中，关心死亡所反映的人生终极意义的，只有本书作者一人。他虽只有一本书，但在这些篇幅中细细写了许多死事：宋惠莲、官哥、李瓶儿、西门庆、潘金莲、庞春梅……从前的人大概觉得这本书淫猥之外，又不吉利。

李瓶儿是这样死的：官哥在第五十九回夭折后，她在第六十回开始一病不起。在重阳节家宴之时，她扶病参加，酒也喝不下，坐一会儿就晕，回房撞倒在地，以后就没有再离床。

不久，探病的人摸到她身上都是骨头了，接着由月娘向西门庆说出，她已经是个要死的人。她的病是很丑恶的，下体不住淌血，用草纸垫在床上吸，湿透就换，腐烂的气味充满房间，要靠熏香来辟除。儿子的夭折除了给她哀痛，又使她自觉罪孽深重。她的梦把这心理表现出来：她梦里见到前夫花子虚抱着官哥来对她说，房子已经找好了，促她快些去同住。这是一等的梦寐心理，因为花子虚本不是官哥的生父，是她的罪业感把这两人连在一起的。瓶儿做完这些梦就怕得很，怯生生地告诉西门庆，又不敢直言花子虚的名字，只是说"他"，说"那厮"，说"死了的"。她很不想死，听见说有和尚法师能驱邪，就催西门庆快去请来。

读者可以很强烈地感觉到死亡时的孤寂。环绕着垂死的少妇，别的人仍旧过着日子，各人说着嘴里的话，想着心里的事。《金瓶梅》不厌其详的文体，有时嫌啰嗦，现在却非常有效。我们看见重阳节来时，大家还要好好玩乐一下，有吃有喝，有歌有舞。西门庆这时仍然外出饮宴嫖妓，还与王六儿通奸。医生一个个来诊治，各说医理，扰攘一番，又一个个走了。干女儿吴银儿不大愿来探病，她想多赚几个钱。尼姑王姑子来了，她近日已与薛姑子有了银钱上的纠纷，现时便在病人跟前啰啰嗦嗦骂这老搭档，骂完就勉强没有胃口的病人吃她带来的粳米粥和干饼。从前帮忙扯过皮条的老冯妈妈，迟迟地也到了，她说来得迟是因为庙里忙：

> 说不得我这苦，成日往庙里修法。早晨出去了，是也直到黑，不是也直到黑，来家尚有那些张和尚、李和尚、王和尚。

这番话让瓶儿那些不正经的仆婢取笑了一回，但随后西门庆进房时，再问这老太婆为什么久不来，她又编另一个故事，说是忙着腌菜给儿子吃：

> 我的爷，我怎不来？这两日腌菜的时候，挣两个钱儿腌些菜在屋里，遇着人家领来的业障，好与他吃，不然我那讨闲钱买菜与他吃？

在这闹攘攘的孤寂之中，李瓶儿安排自己的后事。这时西门庆、吴月娘也在替她办后事，他们结果给她办了个很体面、很有排场的丧礼：昂贵的寿材、妻子的称谓、正室女婿做孝子、合卫官员来祭奠、堂哉皇哉的出殡、满县的人屏息看着——日后曹雪芹仿作写成秦可卿的丧事。但这样的荣华，对她日后的鬼魂与弥留时的心灵都没有什么好处。她自己的安排是请尼姑给自己念些经消灾，然后就是把衣物首饰分给下人。分赠衣物首饰这一段怪凄凉的，李瓶儿好像在撒手之前，还要抚摸一下这些零碎的人世关系，因为她心里这么空虚。她的儿子保不住，丈夫不能长相厮守，自己又没有做过什么事是值得回忆的，与下人们的一点点情分也消散后，她的生命更像什么痕迹也没有留下。

她的一生尽管不堪回首，却又放不下。她还爱着西门庆，就在要死之时，她还很痴心地爱恋这汉子。她的情实在何止于"衣带渐宽终不悔"，因为这汉子正是她乐园里的蛇，正因为西门来引诱她，她才失了节，继而背叛丈夫。现在丈夫来索命了，她也自承理亏，难道她看不见是西门庆害了她的吗？可是，在临终的床上，她仍然情深地叫他作"我的哥哥"，仍然希望与他相守，即使不能终老，有几年也是好的。她虚弱得不能哭出声了，仍用瘦得"银条似"的胳臂扯着、搂着西门庆。这是中国小说里未见过的热情：两个欲海里的痴魂，像《神曲》里的保罗（Paolo）和佛兰切丝卡（Francesca）纠缠在一起。

我们现在看得比较清楚她是怎样的一个人了。她死时，西门庆嚎哭着一声声叫她"有仁义好性儿的姐姐"；在六十四回，她大殓之后，玳安告诉外头管店铺的傅伙计说，家中的下人都爱她仁厚温和——她会任由下人揩她的油，带着宽容的智慧说"拿去吧，你不图落，图什么来"，等等。但她怎么又是个"坏女人"呢？答案是，她心里的柔情——今天叫作"爱"，从前叫作"情"——太多了。这柔情的一种表现就是与异性合一的欲望，所以李瓶儿也是个"淫妇"。契诃夫的《宝贝儿》奥莲卡真是个"宝贝儿"，她的忘我的爱在什么人身上都能寄托；李瓶儿却更像个普通人，她的爱要选择人来承受的，在她前夫花子虚与蒋竹山身上就寄托不来，所以她不能为他们守节，而且由厌恶生出毒心。遇到西门庆，她是完完全全满足了——在书里她告诉西门庆说，"你就是医奴的药"。她爱官哥也深，叫官哥作"冤家"，官哥一死，她就活不下去。

　　佛家说世间罪孽的根源是人心里的"贪嗔痴"三毒，我们细看《金瓶梅》，知道这也就是小说的主题：作者改了《水浒传》中大英雄杀狗男女的故事，而把传播许多世纪的"三毒"抽象之理，用故事讲出来。李瓶儿的故事，突出表演的是"痴"[1]。我们今天也许会觉得李瓶儿只是个可悯的牺牲品，她受命运残酷戏弄，倘使她一开头就嫁了西门庆，养大官哥成人，那么她会快乐地做一生贤妻良母，不会早死，更不会有那些败行。作者大抵不会完全同意，他会说，瓶儿心里那大量的、不由她自主而使她无可奈何的柔情爱意，就是"痴爱"，既有此毒作根源，罪孽痛苦是自然要来的。他让我们看见这"痴"的情在人心中扎根怎样深，看见李瓶儿怎样给折磨了一生，吃过鞭子，上过吊，背着淫妇之名，最后弄上一个最丑恶的病，但至死不悔，甚至死后也不悟——她的鬼魂还一次再次来到西门庆的梦里，还与他欢好，让读者简直要恻然下泪。作者对瓶儿的态度并不纯粹是贬责。事实上，作者对书中的罪人都没有站在高高在上之处而大加责备，故事完结之时，众罪人血淋淋地来到普净和尚那里听候发落，和尚没有骂他们，也没有遣他们进地狱，而是让他们再投生，等待来生中的善行洁净他们的灵魂。作者非常宽大而富于同情心——他若不同情瓶儿，我们不会这么容易同情瓶儿的。（什么读者能够同情《红楼梦》里的贾环、赵姨娘，或者是那些欺负少女的年长妇人呢？）但是在另一方面，他也不会称瓶儿的情为纯洁或伟大。花子虚与蒋竹山的事，明白表示瓶儿的"痴"是会产生罪恶的。

西门庆身上，也有"痴"的表现。李瓶儿病重时，他常常守在房里哭泣，不肯离房；瓶儿死时，他不顾秽气，捧着尸的脸颊亲吻，然后便在书房里跳起几尺高，呼天抢地地哭，不饮不食，下人来问，他把他们打骂赶出去。他责怪上天为什么要抢走了瓶儿，而不让他西门庆死了——这是很严重的话，不敬天地，很不祥的。西门庆的人品本是三毒俱全，"贪"
的念非常重，很不讨人喜欢，他的"痴"倒使我们觉得他还
可爱。这个无恶不作的坏蛋在爱情方面竟这样真诚，这样可
怜，简直像个拜伦笔下的英雄了。但《金瓶梅》的天地，是
很艰难的，有说不完的苦，不是对异性的一点真诚之爱就能
救赎得来的。小说的前半，西门宅里似乎日夜酒色征逐，胡
作非为都没有后果的，但是从李瓶儿病丧开始，帷幕的一角
掀开了，让我们瞥见无边的苦海，罪孽因果之网把人牢牢缠
着。比方说，瓶儿的三生，照阴阳徐先生观看黑书所见，便
是没有什么幸福可言的：

前生曾在滨州王家作男子，打死怀胎母羊。今世
为女人，属羊，……父母双亡，六亲无靠。先与人家作
妾，受大娘子气，及去有夫主，互不相投，犯三刑六
害。中年虽招贵夫，常有疾病，比肩不和，生子夭亡，
主生气疾，肚腹流血而死。前九日魂去托生河南汴梁
开封府袁指挥家为女，艰难不能度日，后耽搁至二十
岁，嫁一富家，老少不对。中年享福，寿至四十二岁，
得气而终。

苦是不是都由作孽而来，我们不晓得，但总之阳世阴间的哀哭声是听不完的。第六十六回黄真人来为瓶儿炼度超生，提及十类孤魂，有饿死的（"好儿好女，与人为奴婢，暮打朝喝，衣不蔽身体，逐赶出门，缠卧长街内"）、客死的（"坐贾行商，僧道云游士，动岁经年，在外寻衣食，病疾临身，旅店无依倚"）、刑死的（"斗恶争强，枷锁囹圄闭，斩绞凌迟，身丧长街里，律有明条，犯了王法罪"）、溺死的（"巨浪风涛，洪水滔天至，缆断舟沉，身丧长江里，回首家乡，无人捎书寄"），以及产死、病死、屈死的，等等。瓶儿死后，无边苦海的涛声就隐隐约约成了小说的配乐。像拜伦能写曼弗雷德以及那些近东强盗，是因为他未见过这些生死的苦；《金瓶梅》中所提示的苦，读者若看得真切时，便会觉得自尊心、勇气以及什么英雄气概都不着边际，唯一有意义的德只是慈悲。

注释

[1] "贪嗔痴三毒"，依《大智度论》的解说，分别指贪婪、怒恨和愚昧无明，不肯接受佛理。本节所说李瓶儿的"痴"，却不仅是无明，还是我们日常说"痴心"（如谓"痴心女子"）的"痴"，意思是"爱恋得非常入迷与执着"。爱恋本来应该归入三毒中的"贪"，

但道家把"贪嗔痴"改为"贪嗔痴爱",似乎由此便生出了一般人说的"痴心"的含意。元杂剧中以度脱为题材的常常都说"贪嗔痴爱",《金瓶梅》的作者一定很熟知。

嗔恶：潘金莲

《金瓶梅》的词话本第一回里说，本书是个"风情故事"，讲"一个好色的妇女，因与了破落户相通，日日追欢，朝朝迷恋，后不免尸横刀下，命丧黄泉……贪她的，断送了堂堂六尺之躯，爱她的，丢了泼天哄产业"[1]。这女主角当然就是潘金莲。她是《水浒传》原来故事中的人物，她勾引小叔、通奸杀夫，写得生动活泼，而且行事的动机真实。后来《金瓶梅》全书都是用这种写实笔法写成的，可见作者从《水浒传》的潘金莲形象得到启发。

　　要是我们说《金瓶梅》的内容是"贪嗔痴"三毒，潘金莲所突出表现的是"嗔"。故事常让读者看到她的嗔怒，以及由之而来的恶意。在武大家中做后娘时她苛待迎儿，过了门到

金瓶梅的艺术

其丈夫，而欲保全首領于牖下，難矣。觀此二君，豈不是撞着虞

姬戚氏豪傑都休，有詩爲証、

劉項佳人絕可憐　　　英雄無策庇嬋娟

戚姬埏處君知否　　　不及虞姬有墓田

說話的。如今只愛說這情色二字做甚，故士矜才則德薄，女衍

色則情放若乃持盈愼滿，則爲端士淑女豈有殺身之禍。今古

皆然，貴賤一般。如今這一本書乃虎中美女，後引出一個風情

故事來。一個好色的婦女。因與了破落戶相通日日追歡朝朝

迷戀後不免屍橫刀下。命染黃泉，永不得着綺穿羅。再不能施

朱付粉靜而思之，着甚來由。況這婦人他死有甚事，貪他的斷

送了堂堂六尺之軀，愛他的，丢了潑天關產業，驚了東平府大

《金瓶梅词话》（明万历本）第一回书影

西门庆家，就折磨婢女秋菊。宋惠莲的丈夫来旺酒后胡言伤了她，她一而再、再而三唆使西门庆置之死地而后已。姐妹之间，瓶儿本来很努力讨她欢心，除了不吝馈赠财物，常常还肯把接近丈夫的机会让给她，但她由于妒忌心重，不住要使瓶儿为难受苦，终至害死她母子为止。吴月娘、孟玉楼都曾信任她，最后也都翻了脸。这样子四处树敌很不明智，金莲天生聪敏，应该懂得这道理，但这也表示嗔怒之情如何难以克制。那笨丫头秋菊，在毒打、罚跪、指甲掐脸等无数次折磨之后，终于把金莲的奸情出首给月娘知道。除了"嗔"，其他两毒在金莲身上倒不太显著。她的贪念不算重，在西门家那么久，她一直没有怎样事聚敛，所以后来给王婆领出去发卖时还是不名一文似的。她的"痴爱"之情就更少了，她把私生子丢进马桶都做得出[2]。

潘金莲在《水浒传》中已经比那些英雄好汉生动，到了《金瓶梅》里更是表现出无穷尽的生命力。月娘、瓶儿、玉楼等人，既是所谓有闲阶级，在家过日子都是悠悠闲闲的，若没有饮宴戏曲的节目，就只在家里谈天、下棋、赌小钱；金莲却闲不下来，她老是在那里用心计。她动脑筋的主要目的是占住丈夫，但这个不老实的男人，在嫖舍宿娼之外，老是觊觎别人的妇女，要笼络他，金莲就得想各种办法，贿赂小厮啦，写曲子道衷情啦，送物事致意啦，以及做"娟妓不为"的事。她的条件并不算太好的，如果与瓶儿相比，在气性、人缘、子嗣、肌肤各方面都不及，加以有一段不光彩的历史，所以在家中争一席位，确是要很奋力去斗争。她的斗争大体上很成功。她把西门庆缠得相当地紧——尽管背地里她总是用"贼没良心""不得好死强盗"之类很恶毒的话来称呼他，而且自己也与别人通奸。她和西门的关系也颇微妙：她得不着西门给李瓶儿的那种爱，得不着他对吴月娘的那种尊重，然而两人之间自

潘金莲

有一种契通，大抵是弃德纵欲的伙伴之间的契通吧。这种契通也有相当力量，加以由于西门庆的爱恶与弱点她都了如指掌，她想要的东西十九都拿得到手。她当面就敢骂西门庆，西门往往只是笑着分辩，说她"小淫妇子啰嗦死了"。有一回西门拿着鞭子追打小厮，她竟劈手夺下他的鞭子，折辱了这一家之主。西门宅里其他上上

下下的人，除了春梅，恐怕谁也憎恨她，然而谁也让她三分五分，怕她的嘴。

那是一张锋利无匹的嘴，满口粗鄙野蛮的话，把是非黑白颠倒得一塌糊涂，然而有气有力，淋漓尽致。我们看得出，作者对女性饶舌的精力，欣赏得入迷。举一个例吧，在第七十二回，潘金莲的丫头与奶妈如意儿争用棒槌，她骂如意，如意反唇相讥，她就动手揪人家头发打人家肚子。这时孟玉楼来到，拉了她回房间，问是怎么回事。她的回答是这么长长的一大堆话：

我在屋里正描鞋，你使小鸾来请我，我说且躺躺儿去，歪床上还未睡着，只见这小肉儿（指春梅）百忙且槌裙子，我说："你就带着把我的裹脚槌槌出来。"半日，只听得乱起来，却是秋菊问她（指奶妈如意儿）要棒槌使使，她不与，把棒槌匹手夺下了，说道："前日拿了个去，不见了，又来要，如今紧等着与爹捶衣服。"教我心里就恼起来，使了春梅："你去骂那贼淫妇，从几时就这等大胆降伏人？俺们手里教你降伏？你是这屋里什么儿？压折轿竿儿娶你来？你比来旺儿媳妇子差些儿！"我就随跟了去，她还嘴里硶里剌剌的，教我一顿卷骂，不是韩嫂儿死气力赖在中间拉着我，我把贼没廉耻雌汉的淫妇口里肉也掏出她的来！要俺们在这屋里点韭买葱，教这淫妇在俺们手里弄鬼也没鬼。大姐姐（指大妇吴月娘）也有些不是，想着她把死的来旺儿贼奴才淫妇（指宋惠莲）惯得有些折儿，教我和她为冤结仇，落后一朵脓带还垛在我身上，说是我弄出那奴才去了。如今这个老婆（如意儿），又是这般惯她，惯得恁没张倒置的。你做奶子，行奶子的事，许你在跟前花黎胡哨？俺们眼里是放得下砂子的人？有那没廉耻的货（指西门庆），人（指李瓶儿）也不知死到那里去了，还在那屋里缠，但往那里回来，就望着她那个影作个揖，口里一似嚼蛆的，不知说些什么。到晚夕，要茶吃，淫妇（如意儿）就起来连忙替他送茶，又忔忽儿替他盖被儿，两个就弄将起来，正是个久惯的淫妇！他说丫头递茶，许你去撑头获脑雌汉子？为什么问要披袄儿？没廉耻的（指西门）便连忙铺里拿了绸缎来替她裁披袄儿。你还没见哩，断七（瓶儿死后七日）那日，她爹（西门）进屋里烧纸去，见丫头老婆（迎春、绣春、如意儿）在炕上挝子儿，就不说一声儿，反说道："姐儿，你们若要，这供养的圎盒和酒也不要收到后面去，你们吃了吧。"这等纵容着她，像的什么？这淫妇还说："爹来不来？俺们不等你了。"不想我两步三步扠进去，诿得她眼张失道，就不言语了。行货子，什么好老婆？一个贼活人妻淫妇，就这等饿眼见瓜皮，不管好歹的都收揽下，原来是一个眼里火烂桃行货子，想有些什么好正条儿？那淫妇的汉子说死了，前日汉子抱着孩子，没有门户打探儿？还瞒着人捣鬼，张眼溜睛的。你看她一向在人眼前，花哨星那样花哨，如今别模改样的，你看又是个李瓶儿出世了。那大姐姐成日在后边，只推聋儿装哑的，人但开口，就说不是了。

这一段文字，写泼辣妇人的心理固然精彩，用"意识之流"的笔法也到家。更有一件可圈可点的，那就是潘金莲虽然气虎虎的，她说的这番话还不完全是老实话，其中有些是她的观察与印象，有些是编造出来的。她说叫春梅去骂如意儿的那些话，差不多都是她自己亲口骂出来的，而且骂得很露骨、很泼辣，但她不好意思告诉孟玉楼。她被如意儿反嘲，说她害死李瓶儿（金莲道："……你背地干的那茧儿，你说我不知道？偷就偷出肚子来，我也不怕！"如意儿道："正景有孩子还死了哩，俺们到得那些儿？"）这一节，她也略去了不提。

从文学史的观点来看，潘金莲的家庭斗争是个里程碑。这差不多是中国文学上头一回拿妇女的精力作写作题材。在这以前，中国文学中的女性，只从事男性欣赏的活动，读者只见她们长得如何姣好动人，然后她们怎样恋爱，怎样守贞，怎样持家。美人上阵打仗，男人倒也能欣赏，所以古诗里有花木兰，逸闻有梁红玉，通俗小说有樊梨花，等等。但女人有妒忌小气争吵的恶习，有男人所应付不来的情与欲以及其他要求，这些东西男人就不欣赏了。女人要过自己的生活，男人也不欣赏，于是文学也不描述。从前中国文学本是写来叹赏的多，不可赏的女性自然少见。可是《金瓶梅》却不是写来给人叹赏的。这里的潘金莲，不仅只是个男人欣赏的美女，还是个有心思、有欲望、有自己生活的人。她一出来，中国文学的想象力便开拓了一个新范围，以后妇女的精力与她们自身的活动可以写了。

我们可以拿《红楼梦》中的女性为例来说明这开拓工作。大观园里那些美好的小姐，都是旧日中国文学传统的女性，而且基本上是浪漫戏曲里的人物；但那个要强的王熙凤则遍身散发着《金瓶梅》的气味。这位管家事的年轻媳妇，精力过人，很像我们面前的潘金莲。她两足不停，嘴巴也不停，向上是奉承，向下是压迫，一时放债，一时乱伦，私通之余，又去捉奸。别的大观园美人的活动真是少之又少，她们除却与贾宝玉做各种形式的恋爱，几乎一片空白，作者显然也觉得不安，幸而发觉美人作诗是清雅可赏之事，于是便让那些小姑娘作诗，写完一首又一首，雅集一回又一回。王熙凤却完全倒过来：她一首诗都吟不出。这不是很奇怪吗？她是个大美人，是正册里的金钗之一，是金陵名门王家的千金小姐，何以文采反不及李纨或者出身寒微得多的邢岫烟、境遇不好的史湘云等人呢？那时代的女子不能诗文当然是很正常的，但何以书中其他的美人都出口成章，偏偏她不能呢？她天生聪敏，口齿又绝不欠伶俐呀。但我们细看一下，她的口齿原来是《金瓶梅》中女性的口齿，她擅长的不是诗文，而是说话，说的话里带着许多比喻、许多俗语和歇后语，没有什么文饰，没有什么避忌，非常地泼辣。我们又看见她最爱说笑话，这是《金瓶梅》的特色，而《红楼梦》的美人中只有她一个人有这嗜好。至于性格人品，她就更像个《金瓶梅》人物。把这一切考虑在内，我们用《金瓶梅》所解放了的想象力来解释王熙凤的面目，是很适当的。

潘金莲写得非常地生动有力——也许是全书中最生动有力的一个，然而我们有时会嫌她稍欠真实感。《金瓶梅》中别的人物显得真实，是因为他们的感情与动机都是很可以理解的，而愈是异乎寻常的行为，愈能表现出作者的洞见。比方宋惠莲，骤看之下似不近人情，但我们分析过，她的"畸行"其实很有道理，而情绪的涨退上落也很自然。整本书中，行为与人迥异的，似乎只有潘金莲和武松这两位《水浒传》人物。武松不再论了；潘金莲呢，她欠自然之处，在于她的妒忌怨恨与害人之心种种，都超人一等，而且强度从不稍减，从不受一些慈爱温柔之情的影响。她的恻隐之心好像不会起的——眼见稚子入井，她大概就任由他淹死。她没有后悔，也没有一阵轻微的厌倦或哀愁来打断一下，缓和一下欲念与怨怒。作者写书之时，也许是觉得一个像《水浒传》中潘金莲那样的女人，带着无限的怨毒之力，正宜表达那种天地开辟以来万古常新的人心中之嗔恶。

但这金莲同时也是一个人。她的人性，在小说中是以她分尝到的人生之苦来量度的。尽管她内心的嗔毒有神魔的强度，她的肉身却软弱一如常人，是情欲的奴隶，她的命运也与常人无异，是不由自主的。小说讲到西门庆死后，就一点点告诉我们，金莲少年时如何坎坷，偏又生得聪明敏感，而且还念过书。最了解她的春梅告诉人家，她对母亲不好，不是没亲情，是要面子，受不了母亲拿人家的施舍。我们又想起她从前为了要一件皮袍子，费了多少周章：这种值钱的衣物，李瓶儿有一大箱，吴月娘、孟玉楼都有，独她没钱买。到我们的偏见渐减而同情渐增之时，作者却用看透表里的目光，带着对人生的喟叹，写她的结局。她被月娘逐出是由于与女婿陈经济通奸有了孕——子嗣，这是她从前千方百计都求不到的东西，是她妒恨与毒害李瓶儿母子的因由，现在来了，但何姗姗其来迟啊！她只好把白胖的男胎堕进马桶里。逐出门后，她在王婆家等候发卖时，武松来报仇了。她本也可能逃过这大难的，因为陈经济正在筹钱来买她，春梅嫁到守备府也在央周守备来赎她。可是作者让我们看见，生死只系在一点点很琐碎无聊的东西之上：陈经济的路程赶不及，而周守备的手下虽然身上带着银子，却为了和王婆争闲气，偏偏要拖延一下，让武松有了机会。金莲一生聪明，这时却吃情欲的亏，想嫁武松，这便上了武松的当。金莲心中的大毒是嗔，现在来到生命尽头，却遇上这个嗔心同样重、说不定更重的武都头。都头这次回乡，除了要杀人，心里什么也不想——不但舍得把银两完全给与王婆，还又冒乱伦娶嫂的大不韪来色诱金莲，而报起仇来但事杀戮，自己亲侄女儿的生活也毫不理会。

王婆

金莲被杀之时，书里有诗这样咏叹：

　　堪悼金莲诚可怜，衣裳脱去跪灵前。

　　谁知武二持刀杀，只道西门绑足顽。

诗句粗朴不文，不待多说，但是把人生的甘与苦一口气同时道出，而且说得这么直白彻底，除了《金瓶梅》哪里去找？

注释

　　[1] 这一段只见于万历"词话本"。崇祯"小说本"与康熙"竹坡本"改写为："有一个人家，先前恁地富贵，到后来煞甚凄凉……内中又有几个斗宠争强，迎奸卖俏的，起先好不妖娆妩媚，到后来也不免尸横灯影，血染空房。"这样把小说内容总结得更好，但潘金莲的启发性影响就看不见了。

　　[2] 这当然都要看怎样给"三毒"下定义：我们这里是跟着一般的印象，视"贪"为物欲，视"痴"为"痴心"。若依《大智度论》的定义，则潘金莲三毒俱全，因为她色欲心重而且老想霸占丈夫，便是"贪"；她不受佛理，便是"痴"。

三寸氣在千般用　一日無常萬事休

說話的為何說此一段酒色財氣的緣故只為當時有一箇人家先前恁
地富貴到後來煞甚淒涼權謀術智一毫也用不着親友兄弟一箇也靠
不着享不過幾年的榮華倒做了許多的話靶内中又有幾箇關寵爭強
迎姦賣俏的起先好不妖嬈嫵媚到後來也免不得屍橫燈影血染空房
正是
　　善有善報　　　惡有惡報
　　　天網恢恢　　　疎而不漏
話說大宋徽宗皇帝政和年間山東省東平府清河縣中有一箇風流子
弟生得狀貌魁梧性情瀟灑饒有幾貫家資年紀二十六七這人覆姓西
門單諱一箇慶字他父親西門達原走川廣販賣藥材就在這清河縣前
開着一箇大大的生藥舖現住着門面五間到底七進的房子家中呼奴
使婢騾馬成羣雖算不得十分富貴却也是清河縣中一箇殷實的人家

《金瓶梅》崇祯本第一回书影

庞春梅：《金瓶梅》的命名

《金瓶梅》书名中的"梅"字来自庞春梅，由此可见她是书中重要人物。她出场很早，但她的故事中最重要的部分，即是她贵为守备夫人以及与陈经济离离合合的经过，都发生在书的末尾。这时西门庆已经身亡家败，作者也显出兴致阑珊的模样——他对生活的爱恋已表达过了，对西门糟蹋人生机会也惋惜过了。他写春梅和陈经济时，好像没有了原先写作的热情。

本来，在作者的构想中，庞春梅一定是一位很突出的女性。她有一种自然的尊贵，作者曾用很清晰利落的几笔，把她的特色很有力地勾画出来。她不是书中最美或最聪敏的一个——在这些方面她未必及宋惠莲。可是惠莲不珍惜羽毛，心中虽有节操，日常的行为太随便了；她正相反，生下来就有傲气与身价。那时她在西门府里的地位，与玉箫、迎春、兰香相等，四人是挑出来一起学弹唱的，但她总是鹤立鸡群，瞧那三人不起，骂她们贪吃爱玩，也骂她们好与僮仆狎混。她自己并不贪吃玩，有一回嫌没有好衣服，像"烧煳卷子"似的，就不肯出门。至于男女之事，虽然她先后也失身于西门庆与陈经济两翁婿（都是潘金莲命令的），但是教弹唱的李铭在第廿二回想动她脑筋，她马上疾言厉色相向，使李铭十分狼狈。大抵就是这样与生俱来的身价感，使吴神仙来西门宅看相之时，从一群淫贱的媵妾之间，认出这婢女长着个贵相。

庞春梅

由于傲，春梅相当残酷。她除了使李铭难堪，又曾因为申二姐不肯快快地为她唱曲子而把那盲女子臭骂了一顿，骂得非常恶毒（第七十五回）。另一方面，她对故主始终保持尊卑的关系。吴月娘在八十五回嫌她与潘金莲狼狈为奸，叫薛嫂领她出去卖了，出门之时她却依足礼法到月娘处拜别，因为最初她本是月娘房中的丫头。后来她贵为周守备的夫人了，在永福寺重遇月娘，月娘慌忙想逃跑，怕她羞辱报仇，没料到她不废旧礼，拜见月娘，并送金饰给孝哥为礼物。这表示什么呢？是她的奴性不改吗？大概不是的，因为她不是个胆怯、保守的人，她的行为反映出很高的自尊心。平庸的仆婢发了达而重见破落的故主时，恐怕不会有这样的把持的。

作者对春梅有很特别的爱惜，爱惜到偏颇的地步。他在前面大半本书中，完全不写出她的淫行，虽然明白说出她失过身。在《红楼梦》中"送宫花贾琏戏熙凤"章里，"脂评"说若是王熙凤白昼宣淫明写出来，就会"唐突"了"阿凤"；现在我们的作者好像也不愿要春梅公开出丑。这样的偏颇在本书之中是很罕见的，作者对书中人物虽然很同情，但写他们做坏事、傻事以及见不得人的事，却丝毫不留余地。

春梅起初既这样受重视与珍爱，在末尾几章中的描述自难免教人失望。她之贵为夫人，重会吴月娘，重见旧家池馆，尤

金瓶梅的艺术

春梅姐正色闲邪（第二十二回）
李铭想动她脑筋，她马上疾言厉色相向，使李铭十分狼狈。

其是最后纵欲亡身，这些项目料想是作者心中早已定了的，而且都是很有意思的事情，可是写得实在缺乏深度，而归根到底是缺乏热情。《金瓶梅》中人物死亡的情景，向来是很动人的，像宋惠莲、李瓶儿、潘金莲的死，我们都细论过，西门庆的死与死前那段日子里迹近疯狂的自戕行为，也用了万钧之力，现在春梅在全书完结最末一章中死去，死的经过仅用百数十字叙述，实在太草草。所以我们要猜想，作者写完西门的故事后，已经兴致阑珊了。

但是且不管这些吧，我们面前还有个关系到作者的态度与全书意的问题未答，那就是，这本书为什么要以潘金莲、李瓶儿、庞春梅三人来命名呢？[1]这三人有什么特质而得以名列众人之前呢？若说小说的主题是西门庆的身死与家败，事情也不是与这三个妇人都有密切关系而与别的书中人无关：我们说潘金莲害死西门庆是可以的，但李瓶儿和庞春梅就没有什么责任——起码不会比郑爱月、林太太那些人的责任大。那么，这三人是最什么呢？最坏？显然不是。最美？也不见得，后来令西门庆欲心大炽的何千户娘子和王三官妻子，大抵都比她们更美。《红楼梦》中那一群年轻女子列在金陵十二钗的正册、副册、又副册上，次序大抵是依据才、貌、社会地位、与男主角接近的程度这几项而定的，但金莲三人在这几方面都不能超

永福寺夫人逢故主（第八十九回）

后来春梅贵为周守备的夫人了，在永福寺重遇月娘，月娘慌忙想逃跑，
怕她羞辱报仇，没料到她不废旧礼，拜见月娘，并送金饰给孝哥为礼物。

逾别人。

分析起来，潘金莲、李瓶儿、庞春梅这三个，她们所共有的特质，其实只是强烈的情欲。情欲本是人的通性，《金瓶梅》中有淫行的人不知凡几，可是真正无法应付自己情欲的重要角色，除了男主角西门庆，就数这三个妇女。她们生活在情欲里，走情欲驱策的路，最后都惨死在情欲之手。

作者拿三个大淫妇来命名小说，是什么意思呢？是警世惩淫吗？作者对三人的品行当然是不恭维，我们看着她们把生活弄糟了，最后遇到了"艺术中的公道"，死得很苦。但作者贬责之时，仍有很深的慈悲。许多人认为《金瓶梅》的警世态度伪善得很，因为书中写了许多淫行，而那些苟合的男女虽谓不得善终，却没有受到很明确的谴责。有些批评家嫌李瓶儿表现出来的温良不合理，又嫌西门庆比《水浒传》中的原身改良得太多[2]。《金瓶梅》写性事，我们下面再论；但是嫌作者对罪人诛伐得不够，即是嫌他慈悲。李希凡明言觉得《水浒传》对待坏人的无情态度才是合理的[3]。《水浒传》的作者与读者面对犯过的人，有一种很原始的、得来轻易的优越感；《金瓶梅》并不给我们这种优越感。我们想鄙视眼前这三淫妇，他就说，瓶儿很仁厚，对西门庆的真情至死不渝；春梅天生尊贵，当年也曾鄙视贪吃爱玩的同伴；即使是金莲，她的聪明与精力，未必输给你和我。作者的态度，与写《卡拉马佐夫兄弟》的陀思妥耶夫斯基相近。在卡家兄弟中，那个神父向卡家的老大深深鞠一个躬，不是因为老大的德行好，而是因为他的情与欲很强，人生的道路会是很苦的。神父的慈悲是基督教的慈悲，《金瓶梅》里的慈悲则来自佛教，来源虽异，性质与表现却很相像。我们的三大淫妇都走很凶险的路，吃大苦头，死得凄惨，作者以之命名小说，也是向人生的苦致意。

但三个"淫妇"虽说并非不值得同情，却也不会使读者觉得需要为她们的下场抱不平。她们都可说是罪有应得。李瓶儿自知罪孽深重，所以印许多佛经来赎愆，又请人替她念经消灾；潘金莲和庞春梅即使没有这种自知，但也总了解到自己走的是什么路，而这路是她们自动走上的，不是人家迫上去的。这"罪有应得"之感是很重要的，这感觉加上前述的慈悲与同情，构成了本书的一点特色。若说只是让读者觉得罪有应得之人物，中国文学中也很多，诸如长篇小说戏曲中的奸佞反贼，公案故事中的盗匪，以及行为苟且的狗男女，这些人落得个不好下场时，读者拍手称快，不会同情或怜惜。另一方面，也有一些作品极得读者同情的，如《窦娥冤》与《红楼梦》，读者见主角受到那些无辜之苦，不禁为之抱屈，眼中含着热泪，心里充满怨愤。不过，怨愤不平，并不是净

化了的情感——把《窦娥冤》和《红楼梦》称为伟大悲剧的
人都忽略了这一点。我们读毕《金瓶梅》的心境却是比较净
化了的，怨愤不平固然没有，轻佻的优越感大抵也不会多，
有的是那种看到了人生尽头的难过，而且多少有些好像什么
话也不想说。

注释

[1]《金瓶梅》之名，依王贞作书报父仇之说，是王氏见金瓶供
梅花而随便编造的（见清人顾公燮《消夏闲记》）。报父仇之说既属
无稽，这故事也不必当真。

[2] 李希凡便持这种看法，见所著《〈水浒〉和〈金瓶梅〉在我
国现实主义文学发展中的地位》，收在《明清小说研究论文集》（北
京：人民文学出版社，1959）。

[3] 见上注。

西门庆：贪欲与淫心

我们最后说到男主角西门庆。作者描绘他的脸谱，很着力写出两点，一是他的平庸，一是他的贪欲。

先说贪欲。如果我们相信《金瓶梅》说的是"贪嗔痴"，那么，作者拿书中男主角来表现三毒之首，是很可理解的。再看小说，也的确有许多西门庆贪婪的事实。他借着父亲遗荫，初时是开一家生药店，继而勾结官吏，"放官吏债"，赚到更多钱又开绒线等铺子，于是进而与京师的官僚太监搭上关系，做蔡京的干儿子，与翟管家以及一些状元御史交结，自己也走上宦途，步步高升，得到官府的方便而做盐引子以及别的超出本县范围的大生意。他的一生是极力钻营而使财势日增的过程，其间做了许多缺德和枉法的事。

不过，西门庆爱财之心并不见得很突出。他不是个莫里哀所描绘的"悭吝人"。他自己花钱，而且还舍得给应伯爵花，也舍得给吴月娘的亲戚等人。小说中许多人以为他很爱财，但作者未必是这样想。比方李瓶儿死后，玳安和傅铭两个下人睡前谈论主人为什么这样哀毁逾常，以为他爱瓶儿是因为瓶儿当初带进门的财货丰厚（六十四回），可是西门庆的伤心，显然可以作更自然也更深刻的了解。再如在第七回，做媒的薛嫂来说西门庆娶杨家寡妇孟玉楼，她列举玉楼的好处时，最先说到

西门庆

的是她的资财："南京拔步床也有两张……金镯银钏不消说，手里现银子她也有上千两，好三梭布也有三二百筩……"薛嫂这样进言，当然是以为西门庆最着紧的是钱财，但作者紧接着说出，西门庆最动心的，是"听见妇人会弹月琴"。一般小说作者常借书中某甲之口来说某乙，《金瓶梅》的作者也会这样做，不过读者听时得要很小心——好像在真实世界里听人家品评人物一样小心，因为《金瓶梅》里的人对自己与对别人都很缺乏了解，而作者又很爱写他们七嘴八舌讲出的话，来显示了解不易得。

西门庆最突出的欲念，当然是色欲。小说中床笫之事，十九与他有涉。他的色心是仔细描写出来的，相形之下，他对财帛权势的贪念，只是笼统地说出而已。最后取他性命的欲，也是色欲。

可是他的色欲，表现出他心中的"贪"毒[1]。不含着浓重贪念的性事，纯粹是生理需求，与"食"同是"性也"的"色"，这本小说很少细写。有了名分的敦伦，书中常常提到，但差不多都是一句话就提过了——通常是"是夜在（某妻妾）房中歇了"。有时与潘金莲比较放纵的作乐，也不过是"是夜两人淫乐无度"。在书里仔细写出的性事，十九是表现贪欲的。俗语说"妻不如妾，妾不如偷"的心理，在这里表露无遗。那些不是偷情的场景，大抵总是讲女人怎样卑屈自身来取媚西门庆，满足他的自大妄为之心[2]。

西门庆性生活的历程，从头到尾是个胡作妄为以满足一己虚荣心与占有欲的历程。小说开始之初，他已经有妻有妾，但遇潘金莲而见色起意，通奸起来；还未娶金莲回家，又有薛嫂来说媒，他于是娶了孟玉楼；这时他闲暇爱去看妓女李桂姐，还想独占了她，遇有别的客人来就要打要闹；不久因故得见结拜兄弟花子虚之妻李瓶儿，两人勾搭，终于害死花子虚。他经常都去嫖舍，并陆续奸淫了不少婢女与手下人的妻子：春梅、迎春、兰香、如意、来旺妻、来爵妻、韩道国妻、贲地传妻，等等。最后，由于妓女郑爱月的怂恿，他又叫媒人文嫂撮合，与王三官的守寡母亲林太太私通。这个林太太是个有儿有媳的中年寡妇，帏薄不修，败柳残花，读者或不免要怪西门庆没选择。其实呢，他这样做，一方面固然是想借此而接近林太太的"灯人儿"那么艳丽的媳妇，另一方面，与林氏有染，本身就有极大意义：林太太的夫家王门是豪门巨族，上代封过王，亲家是炙手可热的六黄太尉；西门庆是个"破落户"，没有功名，仅是靠着捐金得份提刑武职，与王家相距何止十万八千里。这破落户的野心有过两次大满足，一是借贿赂而成了太师蔡京的义子之一，一是这次的通奸，成了这阀阅之家寡妇的义夫——而且真做了她儿子王三官的义父。这个故事，充满了一层层的讥讽，很堪作西门胡作非为的顶点。西门与王三官开头因同嫖一妓而争风，现在西门与林氏苟且了，王三官就遵母命拜他为义父，这一拜使西门一下子有了家长那么高的地位与责任，以及乱伦那么重的罪名。这一段情节之中表里的相歧，处处达到荒谬的程度。比方西门庆初到王家（在六十九回），是由文嫂带领从邻宅经一道后门来到的，但作者并不让他马上进入林氏卧室，而安排他在正堂等候，让林太太可以偷偷相他一下。在正堂等候通奸未必是很合理的安排，但这样一来，这个西门庆，一头打种的公牛似的，红着眼睛站在那里看王家门第的尊严，看看那太原节度邠阳郡王的影身图（"有若关王之像，只是髯须短些"），又看看匾额楹联（"节义堂""传家节操如松柏，报国勋功并斗山"），给读者一个很清晰的印象。读者可了解到，这一对纵欲男女马上要做的事，从自然的观点看也许平常——纳博科夫（V. Nabokov）说是"每天晚上震撼着地球"——但从文化的一些观点来看，蹂躏了多少价值？西门庆和林太太通奸的经过，写得不算生动与真实，好处只是在作者把不同的观点、认识、意义，很戏剧化地放在一起了。

　　胡作妄为的根源是贪欲。贪心生出虚荣自大的心理，于是要超逾本分。西门庆的性事处处表现这种心理，他不仅要"妻而妾而偷"以占有更多更多的女人，而且在占有之时，要女人对着他而卑屈。这便是他各种迹近变态行为的原因。最肯为他来折辱自己的当然是那些很有所求的人，除了潘金莲，还有奶妈如意儿、韩道国的妻王六儿、贲地传的妻叶五儿，所以在小说中，西门庆一而再、再而三地找这些不算年轻、也不以姿色技艺见长的妇女，觉得她们比年轻貌美的更好。她们肯说别人不肯说的话，做别人不肯做的事，来取媚他，她们在他跟前卑贱到粪溺不避之时，他的虚荣心就得到满足。后来，林太太与他有了暧昧关系后，也肯让他在身上用香烧炙、燃烫这位招宣夫人时，西门庆之称心惬意，谅必和横光利一笔下的拿破仑把身上的平民癣疥传染给公主约瑟芬差不多。

可是贪欲之神很难侍候，要他惬意，比较要生理满足难得多。西门庆总觉得意犹未尽，他去占有新人的当儿，又回头在旧人身上榨取多一点点光荣。德莱顿（Dryden）有一首小诗 *Alexander's Feast*，写这位大帝听着乐师颂赞自己，于是反反覆覆回味过去的英雄事迹：

Sooth'd with the Sound, the King grew vain;

Fought all his battails o'er again;

And thrice he routed all his Foes, and thrice he slewthe
slain.

西门庆也是这样地"三番四次追奔逐北，四次三番砍杀尸骸"。比方在第七十八回，他已经蹂躏过显赫的招宣夫人了，却又回到那个与他同年纪而姿首平凡的奶妈身边再求满足。他嫌奶妈自己说出来的话不够奉承，竟然叫着她小名，教她说话：

> 西门庆便叫道："章四儿，淫妇，你是谁的老婆？"妇人道："我是爹的老婆。"西门庆教与她："你说'是熊旺的老婆，今日属了我的亲达达了'。"那妇人回应道："淫妇原是熊旺的老婆，今日属了我的亲达达了。"

这奶妈是什么金枝玉叶，值得这样大呼大叫？她的丈夫比不上西门庆，还须证明吗？她肯背夫与西门苟且，这还不清楚？而且，还有谁比西门自己更清楚？但贪欲这位苛求的暴君，是要奴才做各种滑稽可笑的事的。

在他生命的最后一两个月里，也就是在他死前的两三章中，西门庆的欲心让郑爱月煽得炽炭一般。他依郑爱月的计而姘上了林太太，接着又姘上外出经商的手下人贲地传的妻，而旧人王六儿、章四儿并没有疏远，潘金莲又不放过他。他心里想着自己义子的媳妇，见到同僚何千户的娘子时又"目摇心荡"，不能自已，马上把新来的下人妻子惠元拿来解解馋。他的身体已疲惫不堪，腰酸腿疼，还以为是春天天气的影响，食欲也不振，只看着应伯爵吃。《金瓶梅》写食物往往比写性事更起劲，作者大抵认为食是养身的，色是伤身的，所以西门庆其实笨得很。但西门不知警惕，贪心不息，于是油枯灯尽，一命呜呼。他死时还未尝一亲王三官和何千户娘子的香泽，还未见到来保与贲地传押运的一大船财货到家。他还有许多可以利用的官场关系，许多赚钱的店铺，许多女人，然而潘金莲和胡僧药丸配合的强度欢乐他已受不了，下体流血，牛似的吼叫了半天就撒了手。

西门庆的悲哀是因为他是个凡人，能力与容量有限度，欲望却没有限度。这也可说是人生的悲剧。把庄子的话改一改来说，是"生也有涯，欲也无涯"；套用西欧的观念，这贪心是浮士德式的。王国维曾说李后主和贾宝玉都是耶稣，他们肩负着爱情的十字架[3]；我们同样可以说西门庆肩负着贪欲的十字架。西门而且死在卅三的英年，约略是耶稣流宝血的年纪。

平实一些来说，西门庆肩负的，不是贪欲的十字架，而是贪欲的枷锁。他做了贪欲的奴隶，最后还是贪欲虐政的牺牲。大概因为他是奴隶和牺牲，所以普净和尚也没有难为他的鬼魂。

人做了贪欲的奴，吃了名利的亏，这本是佛教的老话，也是中国文学中的老题目，《金瓶梅》的成就，是把这些老话，用人生真实很活泼地表达了出来。作者改了《水浒传》的故事，把西门庆从武松刀下救出来，让他活几年，然后这样更真实地死去。在这几年间，他洋洋得意，高视阔步，颐指气使，以为自己主宰着一切，我们掩卷后耳朵里还留着他的喧闹之声。

注释

[1] 依佛家"贪嗔痴"的三分法，色欲也应放入"贪"的名下。

[2] 我们可以在这里说说《金瓶梅》是不是淫书的问题。这问题本身并不难解决，我们只需给"淫书"下个界定：假使说提及性事的就是淫书，则《金瓶梅》自然脱不了身；但假使我们采取一个比较有意义的界定，认为淫书是写来挑逗读者的情欲的，其他写作目的并不存在或不重要，那么，《金瓶梅》之不是淫书，也同样地明显而无可置疑。

《金瓶梅》中猥亵的文字不少，是由于作者爱用色欲来表达人的性格上的弱点与内心的罪恶根源。比方庞春梅和宋惠莲性格上各有弱点，结果各有淫行；李瓶儿的痴爱心重，也不免于乱，终死于下体的疾病；潘金莲嗔怒害人，自种祸根，然而直接致死之因却是对武松动了色心。这样以情欲来表现人性的概念，与一些当今的西方作家不谋而合。国人过去不从这里着眼，于是一口咬定《金瓶梅》是淫书。

其实这本书与一般淫书有许多明显与重大的不同处。首先，床笫间事占全书文字不到百分之一，而且对于有程度的读者而言，这些节段并不是最精彩最重要的部分。那本甚受西方注意的、据说是李渔写的《肉蒲团》，还有据说是高明写的《灯草和尚》，若把淫猥处删去，就不成书了；但洁本的《金瓶梅》，就如洁本的莎翁戏剧，还是很完整好看的作品。淫书是不会放过描述房事的机会的，《金瓶梅》却经常放过。

今日的读者或因见书中有许多淫具与行房姿式，便以为作者对这些东西兴趣很大，其实这些东西必定都是晚明社会上的家常。明末清初淫书春画之盛，现在还有许多证据，我们即使见不到这些书画，起码也能在各种书目——孙楷第等学者的，以及清代历次禁毁的——中得见一斑。

《金瓶梅》写性事的特色是平铺直叙，往往不甚具挑逗性。有些很挑逗的节段是从别的作品中搬来的，例如西门和金莲入马通奸的一大段是《水浒传》的遗产，荒唐的"大闹葡萄架"则部分来自《如意君传》（参看 P.Hanan, *Sources of Chin ping mei*, Asia Major N.S.10.I）。书中其他的奸情，大多数都没有一般淫书那种大欲得偿的惊喜之感——由于作者不用那种语调，也由于书中人物往往都不那么专注于性事，而是在别处用心，想这想那。淫书中故事的高潮都是在床上发生的，《金瓶梅》的高潮却是别的事。不要说人的死亡或境遇的改变这么大的事，就是上一次祖坟，接一位贵客，都显得比行房重要得多。

　　[3] 见《人间词话》与《红楼梦评论》。

平凡人的宗教剧

我们再看看西门庆造型上的另一特色，看他是怎么样平庸。

在清河县的社会上，西门大官人当然算很不平凡的，因为他财多宅广，而且是众人望而生畏的理刑官。他骑着高头骏马在大街上经过，衣着丽都，人又生得高大俊美，县民一定都投以羡慕的目光。女人对他很易倾心，林太太在帘后窥他，印象是"身材凛凛，话语非俗，一表人物，轩昂出众"；当初孟玉楼见了他，不顾族人劝阻，作妾也甘心；李瓶儿见了他，名节都不要了。然而这只表示他的命很好，生在有产之家，长一副好相貌，日后运气又好，如此而已[1]。他没有德行，没有过人之才，见识平庸得很。《红楼梦》的主角贾宝玉与他有颇多相似之处，两人享富贵荣华，都是姿容俊美，都生活在女性围绕之中，可是贾宝玉除了这些，还有非凡的才德。俗人也许不懂得欣赏这种才与德，因为宝玉太清奇脱俗了，瞧不起宦途的名利，也不屑在功名的方向进德修业，但是理想的《红楼梦》读者都知道宝玉可敬。西门庆则并不可敬，无论如何，作者并不期望读者敬佩他。

另一方面，《水浒传》中的西门庆，也让人害怕一点儿。他为非作歹，又有财势，还有拳脚武艺。在京剧《狮子楼》里，他开口就唱：

西门庆

两臂千斤力，谁人敢相欺

霸娶潘金莲，好个美貌妻

他是这么坏，偏又这么强，心里想着些什么念头我们也不知道，我们怎能不疑惧？在《水浒传》里，要劳动到能够赤手打虎的超人武松，才能收拾了他。《金瓶梅》里的西门庆却不同，他虽也为非作歹，但他的心理我们了解，于是不觉他可怕。他自己是常有恐惧的，比如朝中亲友出了事，或遭谏官检举，就惊惶失措，那回不依期迎娶李瓶儿，正是为了这种原因。他在《水浒传》中的力气和武艺，现在都没有了，武松找他寻仇时，他怕得逾墙跳进人家的茅厕里。他害人之心也不算太强，比方害来旺，是潘金莲三番四次教唆催迫才做出来的。

作者这样写实的手法，把西门庆去爪除牙，在他写作的当年并不是寻常的事。《金瓶梅》以前的《水浒传》写梁山好汉固然是用所谓"英雄尺度"，写出那些天罡地煞在身材体能以及情感各方面都与常人迥异；《金瓶梅》以后的《红楼梦》写起大观园的住客时，用的也是"英雄尺度"，因为宝玉与诸艳全都有不凡的才情美貌。假使没有特别原因，《金瓶梅》的作者应当很自然地用"英雄尺度"，写出些超凡的好汉和恶魔似的坏蛋，这样才好吸引读者，他结果写出一个这么平庸的西门庆，是什么缘故？

依着本文的理路，答案是很明显的。《金瓶梅》的内容是"贪嗔痴爱"如何为害以及人如何戕戮自己，这是一个讲人怎么生活、怎么死亡的警世小说，主题既有普遍性，主角应当具有普遍的性质。他太好或太坏都会妨碍读者作认同的自省：他太完美了，读者想象自己是他，心中便充满了优越感；他太丑恶时，我们根本不肯设身处地来想。念过英国文学史的人都知道中世纪时有一出宗教剧叫《常人》(*Everyman*)，演的是一个人最后要见造物主，并须将一生的善恶账算一算：这剧的主题是个普遍性的人生问题，主角因之是个一般的常人。《金瓶梅》的道理亦如是，这也是一出平凡人的宗教剧。

为使读者易于认同，新的西门不但除去了利爪毒牙，而且增添了许多正常的情感，变得很富"人情味"。我们说过，他心中常存恐惧，他与常人一样会不忍，会犹豫不决。他爱财，但亦不算吝啬。他心里有很自然的爱，他敬爱月娘与宠爱官哥，就像普通人爱妻儿一般。他爱瓶儿更深，而且很能感觉到瓶儿的情。惨变临头之时，他痛苦得很。总而言之，他与我们的差异，主要只在境遇上而已，他做的事都不是不可理解不可想象的，若有机缘，我们难保不做。我们也许觉得他的缺点确是比我们多[2]，但这只不过是程度之别，不是种类之别。就是这些人情味，使李希凡等人很不安[3]。

西门庆之死是自取灭亡，不待武松回来报仇，先命丧黄泉了。他死在潘金莲之手，这让我们想到，他在小说一开头姘上了潘金莲时，已经是"猪羊走入屠门，一步步行上死路"。他送命的根由，是缺乏道德与理性的力量。这缺憾的表现，是他没有节制，不能汲取教训，没有决心。如果他能节制，不是这样纵欲，很明显地，他可以保存性命，而且可以好好利用优越的条件使欲望得到某种程度的满足。可是他薄弱朦胧的理性没能助他节制，而自诩的聪明又替愚行辩护。在第五十七回，他捐了银子助修庙宇，吴月娘乘机向他进言，用积阴功的观念，劝他节欲：

> 月娘说道："哥，你天大的造化，生下孩儿，现又发起善念，广结良缘，岂不是俺一家儿的福分？只是那善念头怕它不多，那恶念头怕它不尽，哥你日后那没来由、没正经养婆儿、没搭煞贪财好色的事体，少干几桩儿也好，攒下些阴功与那小子也好。"

西门庆这样回答她：

西门庆笑道："娘，你的醋话儿又来了，却不道天地尚有阴阳，男女自然配合？今生偷情的，苟合的，都是前生分定，姻缘簿上注名，今生了还；难道是生剌剌搊搊，胡扯歪厮缠做的？咱闻那佛祖西天，也只不过要黄金铺地；阴司十殿，也要些楮镪营求。咱只消尽这家私广为善事，就强奸了嫦娥，和奸了织女，拐了许飞琼，盗了西王母的女儿，也不减我泼天富贵。"

他永不会在生活经验中汲取教训。他家中常有师姑来宣宝卷，但他向来不喜欢这些在富贵人家出入的贪财下作的女尼，所以从不去听。不接近谄媚诓人的尼僧不是坏事，但得要另有方法接近尼僧背后的人生道理才好，西门庆则恐怕不仅不喜欢这些尼僧，也不甚喜欢那些宗教劝诫。他遇上祸事时很害怕，但祸事一过便忘了。在第七十一回尾处，他上京师之后，回家途中，过了黄河，在沂水八角镇遇上大风，不能前行，找到一个古刹度宿，那是一间败残的庙宇，房舍崩颓，半用篱遮，和尚坐禅时灯火也不点的。这陌生而困苦的环境使他觉得悚然，事后他把经过告诉吴月娘，还想到倘使大风在他渡黄河之际刮起来，他岂不是没了命？然而这些想象也没有使他警觉，他回家告许愿心之后，便觉得不必再思想这件事了。

　　李瓶儿的爱情，有没有可能救赎西门庆呢？“爱情的救赎”这么一句话，听起来不知是西洋味儿还是现代味儿，总像不大对劲，不过在这本小说中倒也未必绝不可能，因为西门和瓶儿的痴爱是写得很叫人同情的。瓶儿都要死了，夜里花子虚来索命，面对着孤独的黄泉路，她还要搂抱西门，叫他保重；西门这个坏蛋也不相负，他没有嫌她的血腥污秽与垂死的恶形，没有理会潘道士说房中有恶鬼的告诫，搂着瓶儿，哭着大声责怪天地。这爱情，我们觉得使西门那一无是处的生命有一点点价值和光彩。所谓“救赎”不一定要像贝蒂莉丝（Beatrice）、葛丽卿（Gretchen）、苏尔薇（Solveg），比方像契诃夫的《决斗》那样的结局，有没有可能？《决斗》中的夫妻，已经把生活弄得近乎不可收拾的了，妻子不贞，丈夫对婚姻，乃至人生整体，都已不存什么希望，可是在一个决斗的危机中，他以一念之转，觉得“她无论如何总是我的伴侣”，竟然挽救了婚姻，也改善了生活，使那位瞧不起他的科学家惊奇不置。这小说基本上也是个警世小说，与《金瓶梅》颇有相通之处。西门庆与李瓶儿间的真诚，能不能带来这样的新生呢？

　　新生肯定是不容易的，需要很大的决心。从教义的观点说，西门庆和瓶儿的痴爱是有罪的；在事实方面言，他们为

西门庆大哭瓶儿（第六十二回）

西门庆与李瓶儿的痴爱写得很叫人同情，这爱情，我们觉得使西门那一无
是处的生命有一点点价值和光彩。

了这爱陷害过人，良心会让他们快乐平安过一生吗？还有，痴爱本身不怕出乱子吗？即使瓶儿专一，西门能不外骛吗？两人的爱情一定维持得下去？问题多得很。而西门在小说中得不到新生，明白的原因，是他的决心很薄弱——薄弱得像个笑话。瓶儿死后，他想起往日曾鞭打折磨她，悔恨无已，开头是又哭又跳，不眠不吃，但应伯爵来说几句老套话劝一劝，他就吩咐开饭；起初他每天独自对着瓶儿的影像吃饭，吃时还要打招呼，晚上则守灵而睡，可是丧事尚未办完，一天夜里要茶喝，就与送茶的奶妈苟合起来。后来他报答瓶儿的只是一些物质：一副很昂贵的棺材，一套很隆重的葬礼，如此而已。那时旁人都啧啧称羡，他也以为很对得起所爱，及至应伯爵来说一番鬼话——"见嫂子头戴凤冠，身穿素衣，手执羽扇，骑着白鹤望空腾云而去"——他也就放心听信，大杯喝起酒来。

凡庸与纵欲，西门庆的两大特色，合在一起，便毁灭了他。欲对于凡庸的人更危险，因为他没有力量，不能自拔。西门的妻子吴月娘也很平凡，但她的结局比较好，因为她不放纵自己。小说结束时，她安安分分地守着剩下的一点点家业过日子，那即是伏尔泰在《老实人》（Candide）里的教训。万历年间的《金瓶梅词话》，在目录之前先有四首词，赞美"无荣无辱无忧"的恬淡生活，然后是四首讲"酒""色""才""气"的《四贪词》，互成对照。

前面提过，李希凡嫌西门庆写得品格太好了。其实我们倒有理由嫌他写得太坏，嫌他凡庸乏味。他对李瓶儿的情，稍微表现出一些力量，我们觉得还可欣赏；如果他更不凡一些，当会更好看。（我们能不能这样批评小说的donnée，是另一个问题。）李希凡，却嫌西门庆太善良，不如原先《水浒传》中的西门能反映作者对恶人的憎恨。至于西门庆为什么会在《金瓶梅》中变良善了呢？他的解释是由于作者太喜爱那种腐化的生活，于是不知不觉便把这坏蛋愈写愈好。这种道理并不值得驳，值得探究的只是，李希凡何以竟会完全忘记了《金瓶梅》是写来警世的，而西门庆是写来给读者自我反省的呢？他说西门庆太善良，表示他并没有拿西门庆与一般人，或与他自己相比，因为西门庆虽已去爪除牙，究竟还不会使人产生自卑感。他为什么不拿西门来自比呢？是不是由于他怕面对西门身上那些毛病，那些贪婪自利、畏葸因循，更兼自以为是与沾沾自喜等具普遍性而要引人自省的毛病呢？这种恐惧，不限于李希凡。许多人都会赞成他的说法，认为《水浒传》和《红楼梦》都是比《金瓶梅》伟大的现实主义作品，体现广大人民的理想与热望。

此三書。

净掃塵埃惜耳蒼苔任門前紅葉鋪堦也。

堪圖畫還也奇哉。有數株松。數竿竹。數枝

梅。花木栽培。取次教開明朝事。天自安排。

知他富貴幾時來。且優游。且隨分。且開懷

四貪詞

酒

酒損精神破喪家。語言無狀鬧喧譁。疎親

明万历本《金瓶梅词话》的《四贪词》（页177—页180）

慢友多由你。背義忘恩盡是他。切湏戒

飲流霞。若能依此實無差。失却萬事皆因

此。今後逢賓只待茶。

　　色

休愛絲髮美朱顏。少貪紅粉翠花鈿。損身

害命多嬌態。傾國傾城色更鮮。莫戀此

養丹田。人能寡慾壽長年。從今罷却閒風

月。晞帳梅花獨自眠。

財

錢帛金珠籠內收，若非公道少貪求。親朋

道義因財失，父子懷情爲利休。　急縮手，

且抽頭，免使身心盡夜愁。兒孫自有兒孫

福，莫與兒孫作遠憂。

氣

莫使強梁逞技能，揮拳搵袖弄精神。一時

怒發無明穴，到後憂煎禍及身。　莫太過，

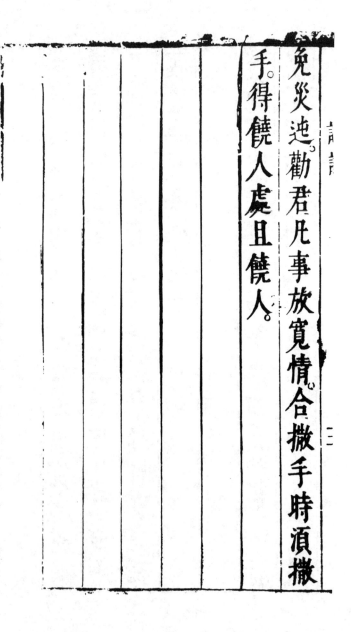

免災迍。勸君凡事放寬情。合撒手時須撒

手。得饒人處且饒人。

注释

[1] 西门庆别号四泉，自言是因为家中有口四眼的井之故，但也许是谐"四全"，这"四全"在坏的方面大概是说"酒色财气"或"贪嗔痴爱"都全了，在好的方面则可能是说"妻财子禄"或什么样好运气都全了。西门的义子王三官，在败行与运气两方面都比西门略逊，别号是"三泉"。

[2] 西门庆多半会不同意，他觉得自己也挺不错的。李瓶儿死时，他在极度痛苦中埋怨上苍对他不公道："……好不睁眼的天……平时我又没曾亏欠了人，天何今日夺吾所爱之甚？先是一个孩儿也没了，今日她又伸长脚子去了。"

我们指责他的毛病太多之时，可要小心，不要犯上他的不自知与自以为是的毛病。

[3] 李希凡嫌西门庆的邪恶不够鲜明。见前所提文章。

余论 布局与成就

　　一般读者都能看出，《金瓶梅》是以《水浒传》中的一个故事来开始的。有些学者更指出，这小说的若干其他情节，也袭用别的文学作品[1]。那么，《金瓶梅》的布局，又有没有来历呢？

　　《金瓶梅》虽说是脱胎于《水浒传》，但布局却与《水浒传》毫无关系，而是来自所谓的"一场春梦"。这是中国文学上的重要主题与重要布局。梦与醒、幻与真的问题，早在先秦时代已是庄子的大问题，他的"蝴蝶梦"的反省，对后代有极大的启发。六朝时，刘义庆的《幽明记》里有一则《焦湖柏枕》，讲一个贾客，名叫杨林，他在焦湖庙里枕着一个柏枕睡了一觉，梦中因为娶了高官的女儿而过了几十年发达的生活，醒后怆然。这个本文仅百字的小故事，到了唐代，感动了千千万万在功名利禄门外患得患失的举子。当时究竟有多少人在应试与赋诗之余，拿它来改写成传奇小说，我们自不得而知，不过，流传下来的《枕中记》《樱桃青衣》《南柯太守传》都是佳作。三篇中的主角各做了个梦，而且都像杨林一样，借着与高门婚媾而得飞黄腾达，但他们除了好好享受富贵繁华，也备尝失宠受辱的滋味。从庄周下来，这些故事，一脉相承，其间的"表里不一""内外相歧"（irony）之意，愈来愈见发挥。庄子的"蝴蝶梦"讲的是"幻与真"；《焦湖柏枕》连上了"穷与达"；《枕中记》用力强调"长与短"，故事里面那个几十年荣辱的大梦做完，主人家的黄粱还未炊熟；《南柯太守传》再加上"大与小"，主角叱咤风云的天地，原来不过是一个蚁穴。

我们在前面的章节说过，《金瓶梅》的作者对于"表里不一"最是敏感，这系列的故事一定曾令他为之动容。不过更直接供给他一个布局来借鉴的，却似乎是元代名家马致远的杂剧《黄粱梦》。这出杂剧从剧名来看，当然是从《枕中记》得到灵感的，但本事经过修改，演的是道教八仙度脱的事，讲述钟离权如何为了救度吕洞宾，就让他做一个梦，在梦里享一享富贵，经历一下"酒色财气，人我是非，贪嗔痴爱"，后来贪赃犯法，陷身囹圄，为妻所弃，再后在流放途中，连子女也保存不了，梦觉而悟。《金瓶梅》的情节大体上与这戏颇相似，西门庆也是凭借着婚姻以及与官吏勾搭上的关系，过了短短几年很兴旺的日子，可是这也不过恍如一场春梦，后来纵欲亡身，树倒猢狲散，门下与妾侍走光了，儿子也保不住，官哥夭折，孝哥出家。万历"词话本"在小说开始之前有《四贪词》，四个题目是《黄粱梦》中"酒色财气"那句话；我们也分析过，这小说的内容便是"贪嗔痴爱"。

但是《金瓶梅》与这系列传奇小说，和《黄粱梦》等说春梦的戏曲有一点根本上的不同，那就是《金瓶梅》的故事并不是一个梦。那些传奇小说与戏曲的故事主体是个梦，只不过这梦比我们日常的梦清晰而详细，但梦毕竟是要醒的，醒时便知道先前是在做梦罢了；《金瓶梅》所讲西门庆那几年的生活，却绝不是一个梦，只不过恍如一个无痕的春梦。这一点分别，有什么意义呢？会不会是只因为长篇小说便不能说梦？当然，我们从经验得知梦不同醒，梦不会太详细，尤其不会有醒时的条理，所以杨林的梦还比较像个真梦，南柯太守那样的梦，便太强人置信了。不过，读者是可以勉强的，有时他们还很甘心情愿。《红楼梦》还是个梦，先来一些僧僧道道的楔子，再长的小说也可以是个梦。

《金瓶梅》之不是梦，乃由作者对艺术与人生的看法使然。前面那些传奇与戏曲的作者，都相信顿悟之理，以为得救并不难。在他们心目中，人生固然有不少苦恼，所以这些小说戏剧的主人公都经历一些失意坎坷，可是理定胜情，一旦茅塞顿开，人便脱离苦海了。《金瓶梅》的作者不甚相信这种一般人以为是道家或禅宗的道理，他觉得人生苦得很，主要是贪嗔痴三毒在心中扎下深根，度脱是很不容易的。即使能悟道也未必就能脱身，因为理智不易化解三毒这些恶情；若要得救，一定要讲德行与修持，像吴月娘那么样。西门庆已算是幸运得很的了，先前没吃什么苦，可是死在英年，家业子孙的冀望都落了空，而没有得救。作者想要用小说艺术来阐明人生的真理。三毒的道理并不是他的创见，佛教僧人在中国社会讲这道理已经讲了几百年了，可是他们讲的只是抽象之理，未够力量撼人。作者写这本小说，是要以生动的人与事来表现这种理，使之变成有血有肉的具体之理。他要写一本书，这书不像以往的一般文学作品那么样，只是诉之于快感、情绪与美感，只是让读者读到大快人心的事、缠绵悱恻荡气回肠的情、可以细细叹赏的诗句；而是更要诉之于人的理性与是非感，要读者以整个心灵来应对，而不是流一把眼泪了事。

所以，《金瓶梅》的写作，是从批评别的文学作品入手的。这书恐怕是中国小说中近乎独一无二的parody，而国人也正因为不习惯这种以模拟来嘲讽别的作品之事，所以一向对作者用意不甚了了。《金瓶梅》嘲讽得最明显的是《水浒传》。过去的读者看见《金瓶梅》就着《水浒传》中"武松杀嫂"的故事来写，还以为作者只是为了省气力而剽窃，可是我们从《金瓶梅》修改了《水浒传》之处，可以清清楚楚地看见作者的批评。首先，他嫌《水浒传》的"杀嫂"故事欠真实：一个有财势没良心的奸夫和一个淫妇害了本夫，随即被一个大英雄杀了报仇，这种事情只是大快人心而已，并不反映现实，因为这样的结果不是社会的常情。他于是把故事改了，让那奸夫逍遥法外，而报仇的兄弟却陷身缧绁。这一番改动使人想到菲尔丁嘲讽理查逊，但这还是浅一层的批评；更深一层，他认为《水浒传》中的"大英雄"与"奸夫""淫妇""坏蛋"等观念都是既肤浅又虚伪，读者浸淫这种文学之中，不知何日方才得见人生真相，何日方能得救。我们在前面分析过，在他的笔下，武松显出是个可怕、甚至可鄙的人，他虚荣残忍，爱心与同情一点也没有。潘金莲呢，作者把她的欲念与激情尽量发挥，到后来读者便了解到人心里的嗔恶与欲情是何等的恐怖。至于西门庆，这个《水浒传》读者不住唾骂的坏蛋，作者把他改写出来，我们细细一看，原来跟我们自己是很相像的——像得令李希凡等批评家破口大骂，骂作者把一个坏人写得这么好。其实作者何尝赞美过西门一句？他不过是让我们看见，这个所谓的"坏人"的一切所作所为，都是那么地自然，我们一般人若有机会与胆量便也会做这些事。因为欲望是与生俱来的，操守却不是。他还告诉我们西门是一个多么"正常"的人，这人爱他的子女，也爱妻妾与朋友，这样，我们便完全失却了优越感，而且了解到这些天性与自然之情实在未能把人从罪孽中救赎出来。

另一方面，《金瓶梅》也用这种模拟的方法嘲讽那些"黄粱梦"主题的作品，所以我们发现这小说的布局来自"一场春梦"，然而故事主体却不是个梦。作者大概在心里说，天下间哪有这么有条理的梦？而且，情的根深，理的力薄，如果和尚道士讲三毒的道理未能救度世人，像马致远在《黄粱梦》里头用曲子来唱一唱，又能好到哪里去？他于是把《黄粱梦》变成一件真事，让《水浒传》里的西门庆逃过了武松的凶刀，多活了几年的命，并得到许多机会去了解人生：听了许多劝谏和故事，受过几场惊恐，见过不少的人丧生，内中有他最亲最爱的人。最后，他告诉读者说，西门还是不懂得悔悟。

作者虽然从模拟嘲讽《水浒传》和《黄粱梦》已经得到了小说的大体内容结构和主要人物，但整个故事怎么叙述呢？情节如何安排呢？作者创作的重要工具，是观看"艾朗尼"（irony）的目光。他喜欢留意同一事物的多重面相与多种意义，留意其间相歧之处，并把世人浅见所看得到的与所看不到的做一番比较。这样，故事的情节就源源不绝而来了。比方说西门庆这无德之人，被武松杀死好不好？不好，因为这不现实，而且显得他没运气；于是武松杀他不成而反遭流放他乡，而西门庆过了几年很发达的日子，在运气方面是无可埋怨了。结果呢，还是不得好死，因为他成了欲的奴隶，给贪心（包括色心）折磨得不成人形，眼看着已攒下的偌大一份家业，心里想着尚未到手的钱财和女色，喘着气，劳顿而死。潘金莲要不要给武松杀掉呢？可以的，可以让她有《水浒传》中的下场，可是自杀比较有意思。武松是要杀人的，问题只在于潘金莲过了西门大官人的门后，还会不会落入这凶都头的手里。如果是武侠小说，武松可以施展轻功飞越围墙去杀她，可是《金瓶梅》的文体不是这样的。潘金莲是自己把自己赶上绝路，她尽管天生聪明，可是嗔恶之心太重，终于不见容于月娘，被卖了出去；这还不止，武松来到之时，假说要娶她为妻，而她这个专事色诱的人这时竟中了色诱之计。在马致远的《黄粱梦》中，吕洞宾的子女是在跟随他流放的途中被一个凶蛮的人扔进山涧而丧命的，这时吕洞宾束手无策，只能眼巴巴地哀号。《金瓶梅》就不同了，官哥儿夭折之时，西门庆的权势如日中天。官哥是独子，西门、瓶儿、月娘都宠爱他，可是在富贵人家的金银珠翠之中，他竟牺牲在成年人的愚昧与狠毒之下，甚至在被害之前，也受尽了意想不到——然而完全可信——的折磨。吕洞宾的妻子背弃而陷害他，西门庆的呢？他的妻吴月娘是很贞节的，他的妾虽无行，却都没有舍他而另取别人之心；但她们大家放纵三毒，使他的生活更糜烂，他死后，除了月娘，众妾一哄而散，怎样来的便怎样去了。密麻麻的因果之网笼络着整本小说，这种报应的道理也是佛家讲了千百年的，但是过去的和尚从没有说得这么生动，因为从没有人像作者这么擅长观察大千世界中种种矛盾复杂与相歧。报应并没有意志，并没有拟人化的神明在裁判与处分，但它自有它的逻辑，它在我们未想到之处便已作用起来。那个小妓女郑爱月最初是给西门庆难为过的，因为她不肯到西门府上来陪酒，后来引得西门劳累致死的便是她，是她蓄意报仇吗？不是的，她既然来服侍西门了，就想取悦这个色鬼，好在他身上多挣几两银子，于是她把自己在各家宅弹唱时所见到的妍丽女眷一一报告给她，投其所好。

作者的另一大笔艺术资本，是他异乎寻常的生命力。我们在第三章谈写实艺术时说过，他觉得他周遭当时当地的世界，五光十色，林林总总，处处都足以动人，非常值得写，所以他能写实，拿着晚明山东某个土财主的生活便能一口气结结实实地写上几十万字。若不是前述擅观歧义的目力与这超凡的生命力，这本劝世的书早就拿了去覆瓿，不会传世而让读者一看再看。作者笔下的百十个大小人物，没有一个是肤浅单调的概念化人物，原因是他对人性存着一股极强烈的好奇，一般世俗浅见不能令他满足。本书把饮食男女这两种"人之大欲"讲了很多，尤其是饮食，可说是这小说的特色。经过弗洛伊德的开导，我们今天大致都相信性欲是创造的泉源，许多大作家那种急不及待与不能止息的文体也似乎在证实这信念，但《金瓶梅》对这个尘世的眷恋，却使人猜想，作者的创作也许还不仅只是性欲推动的。

据说有些书是雅俗共赏、老少咸宜的，《金瓶梅》可是说不上。这本书不是什么人都合看的。很年轻的人肯定是不宜阅读，因为一则他们血气方刚，看到书中男女之事，不免有过激的反应，于是不能心平气和来读；二则这本书与真实人生一样琐碎，而年轻人对琐碎最难忍耐。到年纪稍长，血气沉下一些而耐心增长一些了，便渐能欣赏这本书。最先受到赏识的大概会是书中风趣之处；其次是书中的人与事是如何地真实与生动。这是过去一些文学史家也指出了的[2]。等到看得再仔细些，而且肯谅解而不究书中瑕疵，就会看到作者的热情、好奇与见识，以及本篇所细论的各点，这时我们就会说，这书不仅是真实生动，而且是深刻有力的。

《金瓶梅》是一本小说家的小说。一般青年人虽然不适宜读这书，可是小说家却应当人手一册。认真研究中国小说的人也不能忽略了它，因为它是小说史上的里程碑，《儒林外史》和《红楼梦》都从这里学到写作方法。作者的感受力与创造力，他把家常的砂砾点化成艺术的金子的能力，是小说家都要赞叹，都可以仿效而且从中得到灵感的。近年常有人教导从《红楼梦》学写作，他们不知道《红楼梦》有两部分，较大的一部分是大观园的裙钗，这是浪漫戏曲的移植，不能学来写小说的；另一部分是王熙凤、刘姥姥等大观园外的人与事，这些是可以学的，不过这些正是从《金瓶梅》处学来的。（写得比《金瓶梅》整洁，但往往矫揉做作，在深度气力方面远逊了。）

《金瓶梅》中对人生的认真态度，尤其值得学效。把"人应当怎样生活？"当作一个中心课题，这种态度，在中国文学里是很需要树立起来的。新文学运动以来，"为人生而文学"以及"写实文学"的大纛都有人揭橥过，可惜这些口号落实得不甚顺利，含义也容易走了样。比方"写实"便往往以有没有丰富生动的细节来评定，于是大家一窝蜂叫《水浒传》与《红楼梦》作伟大的写实作品，完全忘记了这两本书的精神都不是写实的。归根究底，认真探讨人生的态度，在中国的小说戏剧传统中是没有基础的。国人从前重视的是诗与文，小说戏剧这些"小道"只是游戏，所以作者是可以一厢情愿把人生真实任意删增的，如果他们把生活拿来当作山水花鸟一般吟哦欣赏，便算是很尊重的了。他们觉得除了言志的诗与论道处事的文，文学的最高目的不过是抒情，所以在他们的作品里，最后怨叹的权利一定保留着，真正的悲剧是找不到的。

说起来，我国古典小说中也有"为艺术而艺术"与"为行动而艺术"的作品，那就是纵情的《红楼梦》与煽动的《水浒传》，两书都广为读者所喜爱。和这两书相比，探索人生的《金瓶梅》受到的赞美很少，诟骂很多，而且骂的主要理由还不是"色情"，可见"为人生而艺术"的道路是比较艰难的。有人说艺术的本质是游戏，若太强调认真，太坚持"文以载道"的原则，自由创造的精神就会受到窒碍。这些话不是毫无道理，但也很容易说得过了分，错到另一边去了。艺术与游戏也许不能完全分开，可是难道艺术作品都是一样的？没有种类、品质之分？难道我们称之为伟大艺术的作品，也仅止于游戏取乐？没有意义的？如果我们不是滥用文字，无所用心的嬉戏总不该称之为伟大。文学作品当然都给予读者乐趣，所以都可说是游戏；但是有些作品更给人美感，有些又让读者的感情可以放怀驰骋一番，这些都是可取的品质。除此之外，有些作品还能呼唤读者的理智与是非判断，要求他们的整个心灵起反应。对有能力的读者而言，这最后一种作品才是最惬意的吧？

当年英国的文坛巨子马修·阿诺德（Matthew Arnold）批评英国文学之父乔叟（Chaucer）对人生不够认真，他不是说乔叟毫无价值，也不是嫌他无可欣赏之处，他只是觉得乔叟所写的宫廷文学作品——讲爱情的《玫瑰故事》《特洛勒斯和克丽西德》，讲爱情为主的漂亮小诗，就是《进香客故事》也好——还欠缺些东西，我们阅读之时还不是以心灵整体来参预其事的，我们的理性与道德感都处于一种半休眠状态。什么作品是阿诺德完全惬意的呢？托尔斯泰的《安娜·卡列尼娜》是一本——我们看阿诺德的评论，便可看到一位最有程度的读者如何欣赏一位最了不起的作家。到了20世纪，阿诺德渐渐不时髦了，可是世纪中叶又出了一位利维斯（F. R. Leavis），他还是要强调道德感与对人生的关心。倘使要求"文以载道"要求得很专横，要限定每一首小诗与每一篇短文都探索人生意义，那当然不好；可是反过来说，倘使长篇说部也不认真关心人生问题，长篇成了个漫长而无所用心的嬉戏，那又怎能有力气，怎能吸引住有程度的读者？

注释

[1] 参阅PD.Hanan, *Sources of the Chin Ping Mei*（Asia Major, N.S.10.I），冯沅君，《〈金瓶梅词话〉中的文学史料》（收在《古剧说汇》）。

[2] 鲁迅在《中国小说史略》中说："作者之于世情，盖诚极洞达，凡所形容，或条畅，或曲折，或刻露而尽相，或幽伏而含讥，或一时并写两面，使之相形，变幻之情，随在显见，同时说部，无以上之。"

出版后记

　　《金瓶梅》大约诞生于明代中后期，在中国古典文学史上具有重要地位，对后世小说影响颇深。其艺术成就很重要的一点，在于以平凡的普通人作主角，用通俗化的语言广阔地描绘社会生活、观照世俗情感，即所谓"寄意于时俗"。《金瓶梅》对世情细如牛毛茧丝的洞察，成就的是一部直面人性、直抵人性不可直视之处的旷世之作，但历史上因其中存在"秽亵的章节"，它曾长期被视为淫书，在毁誉参半中挣扎于官方的禁与不禁之间，是一部饱受误解的作品。孙述宇先生撰写的这本小书，并不长篇大论地对《金瓶梅》做解析，他从《金瓶梅》的艺术赏析层面出发，以悲悯、宽和的目力直入其内核，漫漫指点读者去发觉《金瓶梅》那些隐藏在人性丑陋、污秽的描写背后的"人生本来面目",体悟其中蕴含的对人生之苦的真切同情。可以说,本书是真正快速了解《金瓶梅》的一条捷径。

服务热线:133-6631-2326　　188-1142-1266

读者信箱:reader@hinabook.com

后浪出版公司

2021年7月

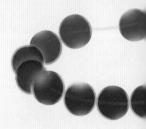

后浪微信｜hinabook

选题策划｜林立扬　丛　铭

出版统筹｜吴兴元｜　编辑统筹｜张　鹏
责任编辑｜王　颂｜　特约编辑｜林立扬　丛　铭
封面设计｜墨白空间·王茜｜mobai@hinabook.com
后浪微博｜@后浪图书
读者服务｜reader@hinabook.com 188-1142-1266
投稿服务｜onebook@hinabook.com 133-6631-2326
直销服务｜buy@hinabook.com 133-6657-3072

后浪出版咨询(北京)有限责任公司
POST WAVE PUBLISHING CONSULTING (BEIJING) CO.,LTD